Insel

der Leuchtfeuer

Sylvia Plettner

© 2016 Sylvia Plettner
Umschlag Thomas Paul Höft

Verlag: tradition GmbH, Hamburg

ISBN   978-3-7345-5367-7 (Paperback)
ISBN   978-3-7345-5368-4 (Hardcover)
ISBN   978-3-7345-5369-1 (e-Book)

Printed in Germany

Vorwort

Eine vierköpfige Familie macht sich, zusammen mit zwei Freunden der Kinder, auf eine gemeinsame Urlaubsreise mit einer Yacht. Sie hatten geplant, jeden Abend einen anderen Hafen zu erreichen.

Während einer dieser Tagestouren wird es schon um die Mittagszeit völlig dunkel.

Ein unbekanntes, jedoch helles Leuchtfeuer führt sie zu einer Insel, auf der sie sich in Sicherheit glauben.

Doch diese Insel verbirgt ein großes Geheimnis ….

„Wenn die verfluchte Insel erscheint und ihre Geister dich erwarten, ist dein Verderben nah.

Nur wer furchtlos dem Verderben ins Auge sieht, hat eine Chance, den Geistern der Tiefe zu entfliehen.

Wenn Leben der Insel und den Geistern der Tiefe entkommen ist, und Leben auch wieder die Welt erblickt, erst dann wird der Fluch der Insel gebrochen werden."

(Auszug aus Mike`s Buch „Geheimnisse der Meere – Leuchtfeuerinsel")

„Susi, wo bleibst du denn? Wir wollen los." Vater Mike war ungeduldig. Sie wollten doch noch die Freunde ihrer Kinder Susi und Jens abholen und mussten auch noch ihre Yacht „Paloma Lea" einräumen, bevor sie endlich in den Urlaub starten konnten. Aber Susi trödelte mal wieder herum.

„Ich komme, Papa. Suche nur noch meine Sonnenbrille." Vater Mike seufzte. Immer musste seine Tochter irgendetwas suchen. Konnte sie nicht endlich mal Ordnung halten? Mutter Lea kam ins Zimmer und lachte über seinen Gesichtsausdruck. „Siebzehn Jahre und immer noch blind." Sie nahm Susis Sonnenbrille von der Anrichte im Flur und rief laut: „Susi, deine Sonnenbrille ist hier unten. Du bist schon mindestens dreimal daran vorbei gelaufen." „Oh man," hörten sie Susi stöhnen. Mike schüttelte nur den Kopf.

Endlich waren sie alle fertig. Mike verschloss das Haus, und sie machten sich auf, die Freunde Jason und Maggie abzuholen. Die Beiden wohnten nebeneinander, und so klingelte Susi bei Maggie, während Jens seinen Freund Jason holte. Jens und Jason kannten sich schon seit der fünften Klasse, und seitdem waren sie unzertrennliche Freunde. Sie hatten die gleichen Hobbys, und sahen sich auch sonst sehr ähnlich. Beide waren groß, schlank aber sportlich und hatten kurze, gepflegte, dunkle Haare. Jens hatte nur einen leichten Rotschimmer darin, den er wohl von seiner Mutter geerbt hatte.

Susi und Maggie kamen nur kurze Zeit nach den Jungs aus dem Haus. Wie Jason begrüßte auch Maggie alle herzlich. Während Mike sie väterlich in den Arm nahm, fiel ihm auf, wie groß Maggie schon geworden ist. Er kannte sie von Susis Kindergartenzeit an. Damals hatten die beiden Mädchen sich kennen gelernt, und sind seitdem die besten Freundinnen. Susi, langbeinig, schlank und lange weißblonde Haare, war zudem mit Jason befreundet, und in dem Glauben, dass ihre Eltern nichts davon wüssten.

Maggie, etwas kleiner und nicht ganz so schlank wie Susi, hatte lange schwarze Haare und wirkte durch ihre mandelförmigen Augen etwas asiatisch. Und sie schwärmte heimlich für Jens. Da sie, genau wie Susi, noch nicht volljährig war, hatten ihre Eltern für Mike und Lea eine Vollmacht ausgestellt, so dass sie woanders keine Probleme bekommen sollten, wenn ein fremdes minderjähriges Mädchen mit ihnen unterwegs war. Das war schon fast Routine, denn genau wie Jason war Maggie schon oft mit ihrer Freundin im Urlaub gewesen.

Die Koffer der Beiden waren schnell verstaut, und los ging es. Bis zum Yachthafen waren es zwei Stunden Fahrt. Sie alle waren in bester Laune, als sie endlich dort ankamen. Während die Familie das Auto auslud, und die Sachen auf dem Boot verstaute, besprach der Vater mit dem Hafenmeister seine Urlaubsroute.

Der Hafenmeister war ein Freund von ihm, und Mike fühlte sich einfach sicherer, wenn jemand die Strecke, die er mit seiner Yacht nahm, genau kannte. Falls irgend etwas sein sollte, wusste jedenfalls Einer, wo man sie suchen müsste. Dann parkte Mike das Auto auf seinem Parkplatz am Yachthafen, verabschiedete sich von seinem Freund, und startete mit seiner Familie in den lang ersehnten

Urlaub.

Mike liebte das Gefühl der Freiheit auf dem Meer, und da sowohl sein achtzehn jähriger Sohn Jens als auch dessen gleichaltriger Freund Jason bereits Bootsführerscheine besaßen, hatte er keine Sorgen, dass es ihm zu anstrengend werden könnte. Er vertraute Jens und Jason, waren sie doch alle drei schon oft genug gemeinsam auf See gewesen. Die vier jungen Leute machten es sich auf Deck gemütlich, während Lea erst einmal für alle frischen Kaffee kochte.

Das Wetter war herrlich. Blauer Himmel und viel Sonne verlockten regelrecht dazu, es sich auf Deck bequem zu machen. Lea beobachtete ihren Mann. Sie liebte es, wenn er so locker war. Sie besah ihn sich, als wäre es das erste Mal. Sie betrachtete seine vollen dunklen Haare, die sehr kurz geschnitten waren. Unter seinem Shirt sah sie das große Tattoo, das er über Rücken und Schultern hatte. Er wollte sich immer mal auf seinen Armen ein Tattoo stecken lassen, doch bei seinem Beruf als Anwalt wollte er damit nicht zu sehr auffallen. Als Ausgleich zu seinem Beruf trieb Mike viel Sport, was ihm ein muskulöses Aussehen verlieh. Lea seufzte. Für sie war Mike immer noch ein Mann zum Verlieben.

Sie brachte ihm einen Becher Kaffee und setzte sich dann zu den Vieren aufs Deck. Jason und Maggie waren eigentlich schon fast wie eigene Kinder. So war das Verhältnis untereinander sehr herzlich.

Jason erzählte gerade von seinem Chef, der ihm den Urlaub streichen wollte, nur weil er erfuhr, dass sie mit einer Yacht unterwegs wären. „Stellt euch vor," erzählte er. „Mein Chef meinte tatsächlich, wenn ich mit einer Yacht reise, wüsste ich ja gar nicht, wann ich wieder zu Hause wäre. Er glaubt, so würde sich jeder freiwillig in Gefahr begeben, und nur wenige würden die Gefahren des Meeres überleben. Der hat einem richtig Mut gemacht." Er lachte. „Als wenn jeder, der auf dem Meer ist, gleich von einer Welle überrollt oder von Piraten überfallen wird. Der hat Vorstellungen." „Dann musstest du ja richtig um deinen Urlaub kämpfen," sagte Mike. „Hoffentlich lohnt sich das dann auch." Jason grinste ihn an. „Bisher war jeder Urlaub mit euch toll. Und ich habe schon einige mit euch verbracht."

Er sah Susi an. „Und manchmal gibt es mehrere Gründe, warum sich so ein Urlaub mit euch lohnt." Mike und Lea grinsten in sich hinein. Sie wussten, dass die Beiden ein Paar waren, ließen Susi aber in dem Glauben, dass sie davon keine Ahnung hatten. Deshalb zog die zu Jasons Kommentar eine Grimasse. Auch Maggie und Jens sahen das. Sie sagten nichts, aber während Jens das Gesicht verzog, konnte Maggie sich ein Lächeln nicht verkneifen.

„Mir ist warm," sagte Susi plötzlich. „Ich glaub, ich ziehe mir meinen Bikini an. Kommst du mit, Mag?" Maggie nickte und erhob sich. Langsam schlenderten Beide hinunter in ihre Kajüte um sich dort umzuziehen. Jason grinste Lea an. „ich glaube, da bin ich gerade in ein Fettnäpfchen getreten." „Das macht nichts," antwortete Lea. „Susi kriegt sich schon wieder ein." Dann stand sie auf, und ging hinüber zu ihrem Mann. Der sah sie kommen und lächelte sie an. „Na, mein Schatz, sind dir die Gespräche der

Kids nicht anspruchsvoll genug?" Lea gab ihm einen Kuss. „Nein, mein Herr Gemahl. Ich wollte dir nur Gesellschaft leisten. Aber ich kann ja wieder gehen, wenn du das nicht willst."

Sie drehte sich um und tat, als würde sie weggehen, doch Mike war schneller. Er liebte seine Frau und genoss jede Sekunde, die er mit ihr zusammen sein konnte. Er zog sie in seine Arme und küsste sie. „Sieht das so aus, als wollte ich, dass du gehst?" „Hm, nein. Irgendwie nicht. Aber so ganz überzeugt bin ich noch nicht." Mike lachte, doch bevor er seine Frau ein weiteres Mal küssen konnte, stand Jens hinter ihnen. „Dad, vielleicht sollte ich fahren. Nur falls du was Anderes vor hast," meinte er mit einem schelmischen Lachen.

Mike sah ihn an. „Wie gut, dass du schon volljährig bist, sonst..." Spielerisch stieß er seinem Sohn die Faust an die Wange. Dann nahm er seine Frau in den Arm und drehte sich wieder dem Steuer zu. Zu seinem Sohn meinte er nur: „Das schaffen deine Mutter und ich auch ohne Hilfe." Jens sah Jason an, der nur mit den

Schultern zuckte. „Dann können wir uns ja einen faulen Lenz machen." Beide gingen nach hinten, um sich in die an Deck stehenden Liegestühle zu lümmeln.

So vergingen die ersten beiden Tage in aller Ruhe mit viel Spaß und Gelächter. Die Kinder halfen Mike und Lea wo sie nur konnten, so dass auch die Beiden Zeit zum Entspannen hatten. Am dritten Tag war in der Ferne endlich wieder Land zu sehen.

„Wo willst du eigentlich den ersten Stopp machen?" fragte Lea ihren Mann. „Bevor es dunkel wird, erreichen wir eine schmale Landzunge. Dort gibt es einen kleinen Hafen, und in dem werden wir über Nacht bleiben. Morgen früh geht es dann weiter." Er sah seine Frau an, und blickte dann zu den Jungen. „In dem Hafen gibt es einige nette kleine Bars. Mit Livemusik. Da können wir heute Abend mit den Kindern hin, wenn du magst." „Ja, das ist eine gute Idee. Wenn wir erst mal bei den größeren Städten landen, sehen wir unsere Kids sowieso nicht mehr so schnell wieder. Also sollten wir das jetzt ausnutzen." Sie schmiegte sich an ihren Mann, und Beide genossen miteinander die Stille.

Die beiden Mädchen holten Trinken von unten und setzten sich dann zu den Jungs. Mike und Lea hörten die Vier reden und lachen. Die Vier hatten sich immer schon gut verstanden, und wenn sich jemand stritt, dann höchstens mal Susi und Jens. Geschwisterliebe eben.

Das Meer war ruhig, und die Yacht und die Zeit glitten leise dahin. Gerade wollte Lea nach unten gehen und was zu essen richten, da rief Mike: „Spar dir die Arbeit. Wir gehen heute Essen." Er zeigte nach vorn. Der Hafen war bereits in Sichtweite, viel früher als gedacht. Aber so hatten sie noch Zeit genug, sich dort etwas um zu sehen. Auch die Kinder sahen die Hafeneinfahrt. Die Jungs standen sofort auf um Mike zur Hand zu gehen. Und die Mädchen? Natürlich. Sie verschwanden wieder in der Kabine um sich umzuziehen. Im Bikini wollten sie schließlich nicht im Hafenstädtchen umher laufen.

Bald darauf lag die Yacht fest vertäut im Hafen. Im Zentrum fanden sie eine Pizzeria. Sie waren sich schnell einig, dass das genau das richtige erste Essen des Urlaubs war und traten ein. Alle sechs genossen das Essen. Und die Stimmung unter ihnen war locker. Ihr Gelächter steckte sogar die Bedienung und manche anderen Gäste mit an. Der Besitzer der Pizzeria, Gianno, kam an ihren Tisch. „Darf ich mich zu Ihnen setzen?" „Natürlich," sagte Mike. „Ich hoffe, wir waren nicht zu laut. Es tut mir leid, wenn wir hier irgendwie gestört haben." „Nein, nein," winkte Gianno ab. „Das waren Sie absolut nicht. Wir haben hier selten so gut gelaunte Gäste wie Sie. Ich bin nur neugierig. Ich habe gehört, Sie sind nur auf der Durchreise?" Mike nickte. „Dann sollten Sie unbedingt die Bar of Seas kennen lernen. Ich möchte Sie alle heute Abend dorthin einladen. Und bitte keine falsche Scheu. Die Bar gehört meinem Bruder. Dort treffen sich viele Seeleute. Das könnte für Sie interessant werden." Mike sah ihn erstaunt an.

„Wieso? Gibt es etwas Besonderes?" Gianno zögerte. „Vielleicht. Aber das sollten Sie heute Abend direkt von der Quelle erfahren. Glauben Sie mir, dass könnte für Sie sehr wichtig sein." Er erhob sich. „Also, sehen wir uns heute Abend?

Die Bar hat einen sehr guten Ruf. Wenn Sie vom Hafen kommen, ist sie in der zweiten Straße rechts. Ich rechne mit Ihnen." Er hob winkend die Hand und ging. Die Sechs sahen sich ratlos an. „Na ja," meinte Jason. „Wir wollten doch sowieso eine Bar aufsuchen. Warum dann nicht die?" Mike zögerte, aber dann nickte er. „Ja, warum nicht die?" Sie bezahlten, standen auf und verließen die Pizzeria.

Gianno beobachtete sie. Ihm gefielen diese Sechs, und er wollte ihnen helfen. Schließlich ging zur Zeit eine eigentlich unglaubliche Geschichte um. Doch sollte auch nur ein Fünkchen Wahrheit daran sein, könnten sie mit ihrer Yacht in große Gefahr geraten. Dennoch, würde er es ihnen einfach so erzählen, würden sie ihn bestimmt auslachen. So, wie auch er am Anfang darüber gelacht hat. Aber jetzt?

Zu viele merkwürdige Dinge waren geschehen. Nein, ihm war das Lachen darüber gründlich vergangen. Auch wenn er sich über die Wahrheit der Geschichte noch nicht so ganz im Klaren war. Er schüttelte den Kopf und vertrieb seine trüben Gedanken. Er würde sein Bestes geben um diese Fremden von der Wahrheit zu überzeugen.

Draußen vor der Pizzeria sahen die Sechs sich an. Mike war neugierig. Was sollte das alles bedeuten? Lea fasste ihn am Arm. „Lass uns heute Abend hören, was es zu sagen gibt. Wahrscheinlich spinnt hier jemand sein Seemannsgarn und will uns einen Schrecken einjagen." Jens nickte. „Vielleicht will man uns vor einem Seeungeheuer wie Nessie warnen." Sofort bekam er einen Knuff von Susi. „Spinner."

„Jetzt schauen wir mal, was es hier alles so zu kaufen gibt." Lea wollte die Situation entspannen. „Wenn´s sein muss," maulte Jens. Mike lachte und klopfte seinem Sohn auf die Schulter. „Was haltet ihr davon, wenn wir die Frauen ihrem Einkaufbummel überlassen, und uns einen eigenen Einkaufsbummel leisten?" Lea gab ihm einen Kuss. „Das ist eine gute Idee. Kein Mann dabei, der immer nur zur Eile treibt. Also los, Mädels. Auf geht's." Susi und Maggie hakten sich bei ihr unter und auf ging es zum Einkaufsbummel.

Mike sah seiner Frau hinterher. Lea war

genau so schlank und groß wie Susi, nur hatte sie kurze weißblonde Haare mit vereinzelten roten Strähnen darin. Sie hatte das Glück, dass sie ihre Haare nicht färben musste, weil die einfach perfekt waren. Mike hatte sich bei Lea immer lange Haare gewünscht, aber sie hatte ihm klar gemacht, dass kurze Haare bei ihrer Arbeit als Ärztin einfach praktischer waren. Und in zwanzig Jahren Ehe hatte er gelernt, ihre Wünsche zu unterstützen und zu akzeptieren.

„Man sieht gar nicht, wer da die Mutter ist. Sie sieht einfach immer noch fantastisch aus," murmelte er ganz leise. Jens und Jason fingen an zu lachen. „Schaffst du es, deinen Blick vom Hintern deiner Frau und meiner Mutter zu lösen?" fragte Jens neckend. Mike fuhr zusammen. Schuldbewusst sah er die Jungs an. Jetzt war es Jens, der ihm auf die Schulter klopfte. „Nicht so schlimm, Dad. Ic*h finde Mum auch toll." Mike sah ihn an. „Sei froh, dass du mein Sohn bist," knurrte er. „Sonst wären das die falschen Worte. Und jetzt lasst uns endlich los, Beute machen."* *Er legte den Jungs seine Arme um die Schultern und schob sie in Richtung der*

Geschäfte.

Die Zeit verging wie im Flug. Es dämmerte schon, als sich alle auf der Yacht wieder zusammen fanden. Mike hatte bereits Tee gekocht und ein leichtes Abendessen vorbereitet. Er wollte nicht, dass sie mit leerem Magen in die Bar gehen. Die Jungs leisteten ihm mit einem Becher Tee Gesellschaft. Als die Tür aufging und Lea hereinkam, grinste Jens seinen Vater an. „Kein Wort," knurrte der ihm zu und sah ihn gespielt zornig an. Jens merkte, dass sein Vater nur so tat als ob, aber er wollte ihn nicht in Verlegenheit bringen und sagte nichts. Nur der Blick, den er mit Jason wechselte, sprach Bände.

Irritiert sah Lea ihren Sohn an. „Alles in Ordnung?" fragte sie. „Ja, alles ok," antwortete Jens. „ Wo sind denn die Mädels?" „Oh, die machen sich schon mal schön für heute Abend." Lea grinste Mike an. „Obwohl sie genau wissen, dass wir nur in eine Bar wollen, und ihr Vater einen strengen Blick auf sie haben wird." „Oh, da kannst du sicher sein," rief Mike. „Und wir sind ja auch noch da," meinte Jason.

Kurz darauf kamen die beiden Mädels

dazu. Sie genossen alle zusammen das leichte Abendessen. Die gute Laune war wieder da, und vergessen war, was sie am Mittag gehört hatten. Sie wollten sich die Stimmung nicht vermiesen lassen. Ohne darüber zu sprechen waren sich darin alle einig. Es war schon dunkel, als sie sich aufmachten um die Bar zu besuchen. Mike hatte die Jungs angewiesen, immer bei den Mädchen zu bleiben. Er wollte einfach auf Nummer Sicher gehen. So hakte sich Susi bei Jason, und Maggie bei Jens ein, was der gar nicht mal so unangenehm fand.

Als sie die Bar betraten, wurden sie schon von Gianno erwartet. Er begrüßte sie und führte sie an einen reservierten Tisch. Die Bar war ziemlich voll, aber die sonstigen Gäste waren höflich und zurückhaltend. Mike hoffte, dass es auch später so bleiben würde. Gianno stellte ihnen seinen Bruder Rondo vor, der ihnen gleich mal eine Runde ausgab. Sekt für die Damen und Bier für die Herren. „Wir haben hier viel zu selten Gäste aus fremden Gegenden," meinte er. „Dabei macht das unser Leben hier erst interessant. Gianno sagte mir, dass Sie mit der Yacht hier

19

sind?"

Mike nickte. „Und Sie wollen auch noch weiter?" fragte Rondo. „Ja," antwortete Mike. „Mir ist es nur lieber, über Nacht in einem sicheren Hafen zu liegen. Morgen früh sind wir wieder weg." Rondo sah ihn nachdenklich an. „Vielleicht sollten Sie ihren Urlaub hier bei uns verbringen. Ich denke, dass wird erheblich sicherer sein." Seine Andeutungen machten Mike neugierig. „Warum? Was ist denn so gefährlich unterwegs?"

Doch Rondo antwortete nicht. Er sah die Familie nur der Reihe nach an, dann drehte er sich zu einem anderen Tisch. „Pepe," rief er. „Hast du mal etwas Zeit für uns?" Der Angesprochene stand auf und kam zu ihnen an den Tisch. Er nahm sich einen Stuhl und setzte sich. „Was gibt's?" fragte er mit seiner tiefen Stimme.

Rondo wies auf die Familie. „Unsere Gäste hier wollen morgen weiter" Pepe sah sie an. „Richtung Süden?" fragte er Mike. Der antwortete: „Na ja, eher Südwest." Pepe schwieg, doch er musterte die Familie durchgehend. „Nicht gut," sagte er dann leise. „Große Gefahr."

„Was für eine Gefahr?" fragte Mike ihn. In Pepes Blick schimmerte Furcht, als er antwortete: „Man sagt, die Insel sei wieder aufgetaucht. Und mit ihr die Geister aus der Tiefe." Er starrte vor sich hin. „Ich habe diese alte Legende nie glauben wollen," erzählte er. „Unser Vater hat sie uns vor vielen Jahren erzählt. Eine Insel, die aus dem Nichts auftaucht. Sie lockt die Seefahrer an. Wie, weiß keiner, denn es ist noch keiner wieder lebend von dort weg gekommen. Und dann sind da noch die Geister aus der Tiefe. Sie kommen mit dieser Insel und fressen alles, was sie bekommen können." Pepe schwieg. Sein Blick war auf die Tischplatte gerichtet.

Gianno übernahm das Wort: „ Ihr müsst wissen, Pepe ist der jüngste Bruder von uns Dreien. Und der einzige Seefahrer, wie einst unser Vater. Unser Vater war auf See, als diese Insel erschien. Er ist nie wieder nach Hause gekommen." Mike sah ihn mitfühlend an. „Aber woher wisst ihr dann von dieser Insel?" fragte er. „Durch eine Flaschenpost, wie in alten Zeiten," erklärte Rondo. „Unser Vater war bereits mehrere Jahre verschwunden, da brachte uns jemand diese Flasche mit einer

Nachricht von ihm. Er erzählte von dieser Insel und den Geistern der Tiefe, wie er sie nannte. Die Insel taucht einfach auf, lockt die Seefahrer an und lässt sie nicht wieder weg. Und irgendwann ist sie wieder verschwunden. Einfach so."

„Und jetzt ist sie wieder da?" fragte Jason ungläubig. „Woher wollt ihr das wissen?" Pepe sah ihn an. „Wir wissen es nicht. Aber wir sehen, dass die Fische und auch die Vögel sich seltsam verhalten, anders als sonst. Man sagt, sie sind nur so, wenn die Insel wieder da ist."

Es war ruhig geworden in der Bar. Alle hatten zugehört, und keiner wagte etwas zu sagen. Auch Mike hatte es die Sprache verschlagen. Sollte er diese merkwürdige Geschichte glauben? Er sah seine Familie an, und sah auch in ihren Augen Unglauben und ... ja, Furcht. Sie hatten Angst. Sollten sie ihre Reise lieber abbrechen? Mike nahm sich vor, darüber gründlich nachzudenken und alles mit seiner Familie zu besprechen.

Er besah sich die drei Brüder. Pepes Blick war voller Angst, die Blicke von Gianno und Rondo voller Sorge. Sie begegneten

Mikes Blick ohne Scheu. Dann zuckte Gianno mit den Schultern. „Ihr müsst selbst wissen, was ihr tut. Doch merkt euch eines gut: Meidet die Begegnung mit den Geistern der Tiefe. Und geht an Bord eurer Yacht, wenn die Erde bebt." „Das waren die Ratschläge, die unser Vater in seiner Nachricht stehen hatte," ergänzte Rondo ihn. Mike nickte ihnen zu. „Das muss ich erst einmal verarbeiten," meinte er. „Seid uns nicht böse, wenn wir schon gehen, aber ich muss über einiges nachdenken." Er erhob sich, gab ihnen die Hand zum Abschied, und verließ mit seiner Familie die Bar.

Schweigend gingen sie zurück zur Yacht. Dort angekommen, fragte Lea nur leise; „Kaffee?" Mike nickte nur und setzte sich stumm an Deck. Die anderen sahen sich an. „Wir gehen zu ihm, wenn der Kaffee fertig ist," sagte Lea zu ihnen. „Bis dahin sollten wir ihn etwas allein lassen." Sie stellten die Tassen auf ein kleines Tablett und warteten schweigend auf den Kaffee. Keiner von ihnen wusste, was er sagen könnte. Im Grunde dachten sie alle das Gleiche: War das ein Traum?

Der Kaffee war fertig. Jens nahm das Tablett, und gemeinsam gingen sie zu Mike. Er sah auf, als Lea ihm eine Tasse dampfenden Kaffee hinhielt. Vorsichtig trank er einen Schluck, dann drehte er sich zu den Anderen um. „Und was machen wir jetzt?" fragte er sie. Jens und Jason sahen sich an. „Glaubst du, was die uns erzählt haben, Dad?" „Ich weiß nicht so recht." „Also, ich finde, das klingt irgendwie alles ziemlich unglaubwürdig," meinte Maggie. Jason nickte zustimmend. Mike schüttelte zweifelnd den Kopf. „Ich weiß nicht," sagte er noch einmal. „Denkt man sich so etwas aus, wenn es um den eigenen Vater geht?"

„Dad, wir sollten unsere Reise fortsetzen. Sie können doch gar nicht wissen, ob, wann und wo diese Insel auftaucht," meinte Jens. „Wenn es sie überhaupt gibt," ergänzte Jason. Mike sah sie alle der Reihe nach an: „Ihr glaubt also, das ist nur eine Geschichte, und wir sollten einfach weiterfahren?" Alle Fünf nickten. Mike sah zu Boden. „Ich mache euch einen Vorschlag," sagte er dann zu ihnen. „Wir fahren weiter. Aber wir werden von nun an immer zu Zweit an Deck sein und die Gegend beobachten. Und sollte uns irgend etwas komisch vorkommen, drehen wir um. Ohne Wenn und Aber. Seid ihr einverstanden?"

Sie waren es. Irgendwie brachte dieser Vorschlag etwas Erleichterung für sie, und Sicherheit. Bei heißem Kaffee und einer Flasche Cognac für die Erwachsenen hob sich langsam die Stimmung an Bord. Es war schon weit nach Mitternacht, als sie endlich schlafen gingen.

Der nächste Morgen war warm und sonnig. Als Mike das Deck betrat, stand Gianno mit einer Tüte frischer Brötchen auf dem Steg. „Guten Morgen," rief er. „Wenn ihr für mich einen heißen Kaffee habt, habe ich für uns alle die richtigen Brötchen dabei." Er winkte mit der Tüte. Mike lachte. „Willkommen an Bord," sagte er. „Und mit frischen Brötchen sogar doppelt willkommen." Gianno betrat die Yacht, und die Männer umarmten sich wie alte Freunde. Als Lea an Deck kam, rief Mike ihr zu: „Schatz, deckt ihr bitte den Tisch für einen mehr. Gianno hat uns Brötchen mitgebracht." Lea lachte und winkte Gianno zu. Der Tisch war schnell gedeckt, und die Stimmung beim Frühstück ungetrübt. Gianno war sehr unterhaltsam, und es wurde viel gelacht.

Lea und die Mädchen räumten den Tisch ab und als sie unter Deck gingen fragte Gianno: „Und, wie habt ihr euch entschieden? Fahrt ihr weiter?" Mike sah ihn ernst an. „Ja," sagte er. „Wir fahren weiter. Sei uns bitte nicht böse, aber wir wissen nicht, was wir von der ganzen Geschichte halten sollen." Gianno nickte. „Ich gebe zu, die Geschichte klingt wie ein erfundenes Abenteuer. Auch ich habe immer wieder Zweifel daran gehabt. Und... um ehrlich zu sein, ich habe immer noch Zweifel. Aber ich mag euch, und ich wollte einfach, dass ihr gewarnt seid. Mir war klar, dass euch das nicht davon abhalten wird. Bitte denkt einfach an die wenigen Ratschläge, die unser Vater übermittelt hat. Leider sehr wenig, um überhaupt zu wissen, wie man die Insel erkennen kann."

„Hoffen wir einfach, dass wir gar nicht in die Nähe dieser Insel kommen," meinte Lea, die unbemerkt dazu gekommen war. Gianno nickte, dann lächelte er. „Lasst mich euch wenigsten zum Abschied noch einmal in den Arm nehmen. Ich hatte viel Spaß mit euch. Das hat mir gut getan." Nacheinander nahm er alle sechs in den Arm und drückte sie. „Bitte passt auf euch auf. Ich würde euch gern wieder sehen." Dann verließ er die Yacht ohne sich noch einmal um zu drehen..

„Das klang echt," meinte Lea leise, als sie Gianno hinter her sah. Mike nahm sie in den Arm und hielt sie liebevoll fest. „Also dann," rief Lea, sich aus Mikes Arm drehend. „Auf geht's. Lasst uns weiterfahren." Sie lösten die Leinen, verließen den Hafen und nahmen Kurs auf die offene See.

Mike stand am Steuer und Lea saß bei ihm. Sie studierte die Karte, um den Anlegeplatz für den Abend zu finden. Aber Seekarten waren nicht ihr Ding. Mike lachte, als er die Verzweiflung seiner Frau sah. Er stellte den Autopiloten ein und setzte sich zu ihr. Gemeinsam studierten sie die Karte und legten sich ihre Route zurecht. Lea ließ sich alles genau erklären, und Mike war dabei sehr geduldig. So verging eine ganze Weile, bis er wieder das Steuer übernahm, und die

Richtung korrigierte.

Plötzlich blickte er sich auf dem Boot um und stoppte die Yacht. Überrascht sahen die Anderen ihn an. Mike legte den Zeigefinger auf seinen Mund, und deutete ihnen damit an, ruhig zu sein. Dann lauschte er. Jetzt konnten sie alle es hören. Da ertönte ein leises Geräusch aus dem Beiboot. Es klang wie ein Bellen. Susi schüttelte den Kopf. So ein Quatsch. Wo soll denn hier ein Bellen her kommen? Mike und Jason gingen hinüber zu dem Beiboot und zogen die Plane beiseite.

Im Boot saß ein strubbeliger kniehoher Mischlingshund und sah sie an. Er wedelte vor Freude mit dem Schwanz und bellte. Mike nahm ihn lächelnd auf den Arm. „Da haben wir einen blinden Passagier," scherzte er. Die Mädchen waren begeistert. Sofort nahmen sie Mike den Hund ab. Vorsichtig fragte Susi ihren Vater: „Was passiert jetzt mit ihm?"

„Tja," Mike zuckte mit den Schultern. „Mal sehen, was die im nächsten Hafen sagen. Wir müssen melden, dass er uns zugelaufen ist, dann können sie nachforschen, woher er kommt. Vielleicht

wird er schon gesucht. Aber bis dahin… ."
„Bleibt er hier bei uns," ergänzte Maggie
freudig. „Ja, aber ihr kümmert euch um
ihn," bestimmte Lea.

„Wie sollen wir ihn denn nennen?" Wollte
Maggie wissen. „Nenn ihn Hund," scherzte
Jens. Susi steckte ihm die Zunge raus.
„Tolle Idee, Blödmann." „Nenn ihn doch
einfach… ." Mike stockte mitten im Satz
und bückte sich zum Beiboot hinunter. Er
hob einen Zettel auf und faltete ihn
auseinander.

Dann begann er laut zu lesen: „Liebe
Freunde   -   Unser Vater hatte immer
einen Hund an Bord. Er meinte, der Hund
würde ihn vor den Geistern der Tiefe
warnen. Auf der letzten Reise unseres
Vaters war sein Hund krank und konnte
ihn nicht begleiten. Wir glauben, dass
unser Vater deshalb nicht zurückkehrte.
Sein Hund starb vor drei Jahren. Dieser
Hund hier ist gerade drei Jahre und aus
dem letzten Wurf des Hundes, der
unseren Vater begleitet hat. Er soll die
gleichen Fähigkeiten haben, wie der Alte.
Er soll euch beschützen, wie sein Vater
unseren Vater beschützt hat. Sein Name

ist Homer. Er ist unser Geschenk an euch, damit ihr gut nach Hause kommt. Passt auf euch auf.   - Gianno, Rondo und Pepe"

„Tja, damit hat sich das Melden des Hundes im nächsten Hafen wohl erübrigt," stellte Lea fest. „Und wir haben ein Familienmitglied mehr. Wir müssen unbedingt im nächsten Hafen für ihn einkaufen." „Moment mal," unterbrach Mike sie. „Soll das heißen, wir wollen ihn behalten?" „Das müssen wir wohl, wenn er ein Geschenk ist, oder?" Lea drückte ihm einen Kuss auf die Wange, und die Mädchen taten das Gleiche. „Danke, Papa."

Jens sah ihn an. „Du lässt dich so leicht um den Finger wickeln?" fragte er erstaunt. Mike seufzte. „Bei so viel weiblichem Charme bin ich machtlos." Er grinste seinen Sohn an. „Das wirst du irgendwann auch noch merken."

Der Tag verging im Nu. Homer brachte Leben und Freude auf die Yacht. Selbst die Jungs schlossen ihn ins Herz. Mike beobachtete Homer skeptisch. Wie konnte ein so kleiner lieber Hund eine ganze

Familie vor „Geistern" schützen? Er konnte es sich beim besten Willen nicht vorstellen.

Es fing schon an zu dämmern, als sie den Hafen von Taras sichteten. Mit der Hilfe von Jens und Jason brachte Mike die Yacht an einen Liegeplatz. Der Hafenmeister wies sie ein. Alles ging schnell und problemlos. Sie verließen die Yacht, um für Homer einzukaufen und dann Essen zu gehen. Homer wurde derweil in einer Kabine eingeschlossen. Sie hofften, dass er nicht zu viele Dummheiten machen würde.

Während des Essens kam ein Mann an ihren Tisch, der sich als Bürgermeister Miros vorstellte. Als er hörte, wohin die Familie reisen wollte, wurde er blass. Erschrocken sprang er auf: „Nein, das dürft ihr auf keinen Fall. Die Fische und Vögel fliehen aus der Gegend. Das ist ein Omen. So etwas passiert nur, wenn die Geister der Tiefe wieder aufgetaucht sind. Das ist viel zu gefährlich. Euch mag die Legende unbekannt sein, doch ich rate euch…… kehrt um oder bleibt bei uns, aber fahrt nicht weiter."

Mike sah ihn an. „Wir kennen die Geschichte, aber keiner kann oder will uns dafür Beweise bringen. Bürgermeister, denken sie wirklich, eine solche Geschichte nimmt man einfach wort- und beweislos hin? Dafür ist sie etwas zu unglaublich, finden sie nicht?" Der Bürgermeister starrte Mike an, dann setzte er sich wieder und sah nachdenklich auf den Tisch.

Vom Nachbartisch erklang Applaus. „Bravo," rief Jemand. „Endlich hat mal Jemand den Mut, gegen an zu gehen. Es gibt keine Beweise für diesen Unsinn. Alles altes Seemannsgarn, erfunden und ausgeschmückt." Jason drehte sich zu dem Tisch um und fragte: „Und…, gibt es denn wenigstens dafür Beweise?" Der Mann wurde still und wandte sich wieder seinem Essen zu. Mike grinste Jason an. „An Beweisen scheint es hier in jeder Richtung zu fehlen. Aber was ist dann Wahrheit und was Unsinn?" Jason zuckte mit den Schultern. „Keine Ahnung. Vielleicht sollten wir das einfach selbst heraus finden." Die Anderen nickten zustimmend.

Der Bürgermeister erhob sich. Er gab ihnen die Hand zum Abschied und meinte nur: „Dann, bitte, seid einfach super super vorsichtig." Damit drehte er sich um und ging hinaus. Es war still geworden im Lokal. Alle hatten mitgehört, aber Keiner traute sich, zu ihnen hin zu sehen. Mike bezahlte das Essen, und sie machten sich wieder auf den Weg zur Yacht.

Maggie kochte ihnen eine große Kanne Tee, während Lea und Susi alles für Homer herrichteten. Homer hatte es sich während ihrer Abwesenheit unter dem Tisch gemütlich gemacht, doch Lea war der Meinung, das wäre kein guter Platz für ihn. Sie bereiteten sein Lager an einer geschützten, ruhigen Stelle und waren glücklich, als Homer diesen Platz sofort annahm.

Die drei Männer saßen derweil am Tisch und unterhielten sich. Als Lea dazu kam, sagte Jens gerade: „Weißt du, Dad, ich finde, wir sollten nicht so viel auf die Anderen hören. Lass uns doch Morgen einkaufen, was wir für die nächste Zeit so brauchen, und dann fahren wir einfach drauf los. Das Meer ist ruhig, das Wetter soll so herrlich bleiben, also, warum nutzen wir das nicht einfach aus?" Jason ergänzte: „ Bei diesem Wetter können wir ohne Probleme auch auf dem Meer ankern und übernachten. Ist doch nicht das erste Mal, dass wir das machen, Mike,"

Mike hörte ihnen zu. Doch er sagte nur: „Lasst uns gleich mal fragen, was unsere Frauen dazu sagen. Wenn sie der gleichen Meinung sind, dann werden wir es so machen." Und sie waren der gleichen Meinung. So beschlossen sie, morgen gründlich einzukaufen, und dann ihre Reise ohne weiteren Zwischenstopp fort zu setzen.

Und so taten sie es auch. Am nächsten Morgen zogen sie alle zusammen los um ihre Einkäufe zu erledigen. Dann verstauten sie alles unter Deck. Als sie damit fertig waren, war es bereits Mittag. Mike lud sie noch einmal zum Essen ein, wäre es doch für eine ganze Weile das letzte Mal. Im Hafen bezahlte er noch die Gebühr für den Liegeplatz, und dann endlich fuhren sie mit der Yacht hinaus auf das offene Meer.

Und hinein in ein Abenteuer, das sie in ihrem ganzen Leben niemals mehr vergessen würden.

Die Sonne brannte vom Himmel, und Mike fuhr gemütlich mit der Yacht über das Meer, das wellenlos vor ihm lag. Die Kinder lagen an Deck und sonnten sich. Lea saß neben Mike. Sie unterhielten sich leise über das bisher Erlebte. Mike war immer noch skeptisch, was all diese Erzählungen anging. Lea dachte anders. Sie war der Meinung, dass Niemand sich eine solche Geschichte ausdenken würde. Aber auch sie konnte keine vernünftige Erklärung bieten. Mike fragte sie, ob sie der Meinung sei, es wäre besser umzukehren, doch Lea verneinte. Trotz allem glaubte sie nicht daran, das es sie treffen würde, wenn … ja, wenn da überhaupt etwas sei.

Mike sah sie an. Lea schaute auf das Meer hinaus. „Ich weiß selbst, wie verrückt das klingt, Mike. Aber irgendwie habe ich Angst. Und ich weiß nicht einmal warum." Mike nahm sie in den Arm und hielt sie fest. Plötzlich hörten sie Homer, der bellend um sie herum sprang. Lea bückte sich und nahm ihn auf den Arm. Sofort war er ruhig. „Hoffentlich musst du nicht beweisen, wie mutig du bist," flüsterte sie ihm leise zu.

Es fing an zu dämmern, und mit Hilfe von Susi und Jason bereitete Lea das Abendessen zu. „Weißt du, Dad," begann Jens, „ ich hätte Lust mal zu angeln. Zu dumm, dass wir daran nicht gedacht haben." „Wieso?" fragte Mike ihn. „Als Köder nimmst du Toast, den haben wir doch reichlich. Nur die Angeln musst du suchen. Ich hab keine Ahnung, wo ich die hin gepackt habe." „Du hast Angeln mit?" fragte Jens erstaunt. „Dad, du überraschst mich immer wieder. Aber keine Angst, die werde ich schon finden."

Mike zeigte auf die Karte. In der Nähe gab es eine kleine Insel mit einer Bucht zum Ankern. „Dort werden wir übernachten," sagte er zu Jens. Der nickte. Der Platz war geschützt, also einfach ideal. Sein Dad wusste schon, was er tat. Jens vertraute ihm, und er wusste, die anderen taten das auch.

Nachdem sie in einer kleinen Bucht gestoppt hatten, saßen sie gemütlich auf dem Deck. Das Wetter war herrlich, trotzdem sprachen sie sich ab, über Nacht eine Wache zu halten. An diesem Abend lachten sie viel. Zum erstem Mal seit einigen Tagen war die Stimmung wieder gelöst und heiter, und alle fühlten sich wohl. Es war schon sehr spät in der Nacht, als sie schlafen gingen.

Auch die nächsten Tage verliefen ähnlich. Das Wetter machte ihnen die Freude und schenkte ihnen viel Sonne und Wärme. Jens hatte die Angeln gefunden, und gemeinsam mit Jason versuchte er vom Boot aus, Fische für das Essen zu fangen. Die ersten zwei Tage war die Beute reichlich, doch dann wurde es weniger.

Am vierten Tag gaben die Beiden es auf. Es war wie verhext, doch irgendwie schien es hier keine Fische zu geben. Sie verstauten die Angeln und sahen hinaus auf das Meer. „Das versteh ich nicht," meinte Maggie. „Stellenweise fischleer? Wie gibt es denn so was?" Jens zuckte nur mit den Schultern. Doch plötzlich rief Jason: „Seht euch das mal an. Hier wimmelt es geradezu von Quallen. Vielleicht ist das der Grund, weshalb wir keine Fische mehr fangen." Bei dem Anblick der Quallen wurde Mike mulmig zu mute, obwohl er nicht sagen konnte wieso. Er hatte keine Angst davor, aber irgendwas daran gefiel ihm nicht.

Lea kam an Deck. „Was ist denn mit Homer los? So unruhig habe ich ihn noch nie erlebt." Aber niemand konnte ihr darauf antworten. Mike beobachtete Homer eine ganze Weile. War der Hund der Grund für sein mulmiges Gefühl? „Kommt essen," rief Lea und schaffte es damit, ihn abzulenken. Den Abend blieben sie unter Deck, obwohl es ein warmer wunderschöner Abend war. Mike bemerkte, dass auch die Stimmung seiner Familie bedrückend war. Er versuchte, sie auf andere Gedanken zu bringen, aber irgendwie waren sie heute alle nur mit halben Herzen bei der Sache. Und so gingen sie früh schlafen. Nur Jens blieb auf und übernahm die erste Wache.

Am nächsten Morgen war Mike früh hoch. Er wollte weg von hier. Dieser Ort gefiel ihm nicht. Und so lenkte er die Yacht wieder hinaus auf das Meer. Erst dort atmete er auf. Hier fühlte er sich sicher.

Hier konnte nichts passieren. Nach dem Frühstück ging er wieder an Deck. Der Rest der Familie machte sich unter Deck nützlich. Schließlich musste auch hier mal aufgeräumt werden.

Sie waren noch nicht lange unterwegs, als Mike vor sich eine Nebelbank sah. Er versuchte, über Funk die Wettermeldung zu bekommen, aber das Funkgerät war ausgefallen. Die Nebelbank kam näher, und Mike sah, dass sie unglaublich breit und dicht war. Er seufzte: „Auch das noch. Dann müssen wir da wohl durch." Er nahm Tempo zurück, und entschied sich, lieber langsam die Nebelbank zu durchqueren. Bei dem Wetter konnte sich der Nebel ja nicht lange halten. Da war Mike sicher.

Aber er täuschte sich. Der Nebel löste sich nicht auf. Er schien immer dichter zu werden. Und plötzlich, wie aus dem Nichts, sah Mike vor sich nichts als Dunkelheit. Er stoppte sofort und rief seine Familie zu Hilfe. Sie mussten ihm jetzt als zusätzliche Augen dienen. Als die Fünf das Deck betraten, blieben sie erschrocken stehen. „Mein Gott," rief Lea aus." „Dad, was ist das?" fragte Jens erschrocken.

„Ich weiß es nicht," antwortete Mike. „Es kam aus dem Nichts und zieht immer weiter auf uns zu. Erst war es nur Nebel, aber der wurde immer dicker, ... und jetzt das. Und wir können nicht einmal umdrehen. Sämtliche Geräte sind ausgefallen. Wir können froh sein, dass wir noch steuern können." „Das heißt, wir müssen da durch?" fragte Susi voller Angst. Mike nickte nur. „Dafür brauche ich euch. Ich muss steuern, aber ihr müsst für mich schauen. Jens, hol das Nachtsichtgerät und verteil die Taschenlampen. Ich kann vom Steuer aus nichts erkennen. Ihr müsst mich jetzt hier durch lotsen."

Er nahm seine Familie in den Arm: „Keine Angst. Zusammen schaffen wir das." Mike klang zuversichtlich, aber das täuschte. Noch nie hatte er eine solche Angst verspürt wie jetzt. Er drehte sich um und ging zurück an das Steuer.

Jens stellte sich am Bug auf und schaute durch das Fernglas auf das Meer. Die Anderen verteilten sich auf der Yacht und hielten rundum Ausschau. Die Dunkelheit war wie ein dichter Vorhang um sie herum. Ihre Angst war mittlerweile fast spürbar geworden. Was ging hier vor? Es war noch nicht einmal Mittag. Homer sprang unruhig um sie herum und bellte. Susi versuchte ihn zu beruhigen, aber es brachte nichts. Als sie mit der Taschenlampe hinunter ins Meer leuchtete, sah sie lauter Quallen. Es war, als würden die sie begleiten. Sie schüttelte sich, und schaute schnell weg.

Auch Mike waren die Quallen, und vor allem Homers Verhalten aufgefallen. Er fing an, sich seine Gedanken darüber zu machen, was in dem Brief stand. Leise murmelte er vor sich hin: „Der Hund warnt vor den Geistern der Tiefe...... Geister der Tiefe... Quallen..., na klar. Der Hund warnt uns vor den Quallen. Aber warum sollten die uns gefährlich werden? Ich versteh das nicht."

Plötzlich hörte er einen Warnruf von Jens. „Riff voraus." Sofort stoppte er die Yacht. Er winkte Jason zu, der zu ihm kam und ihn ablöste. „Ich muss mir das kurz ansehen," sagte Mike zu ihm. Jason nickte stumm. Mike ging zu Jens, der ihm das Fernglas hinhielt. Mike nahm es und sah nach vorn, wo Jens hinzeigte. Tatsächlich waren dort Riffe zu sehen. Aber nicht nur an einer kleinen Ecke, nein, sie waren über die ganze Breite des hier sichtbaren Meeres verteilt. Hätte Jens das nicht gesehen, wären sie ohne jeden Zweifel dort aufgelaufen und hätten sich den Rumpf der Yacht aufgerissen.

Mike war verzweifelt. Hier konnten sie nicht bleiben, die Strömung war zu stark, aber weiter vor oder zurück konnten sie auch nicht. Er sah sich um. Dann glaubte er, einen Lichtschein entdeckt zu haben. Er nahm das Fernglas hoch und sah in die Richtung. „Jens," rief er. „Sieh doch mal darüber. Ich sehe dort ein Licht. Vielleicht ein Leuchtturm?" „Dann müssten wir von unserem Kurs abgekommen sein," antwortete Jens. „Nur dann würden wir in der Nähe eines Hafens sein."

„Hm, es wäre immerhin möglich," meinte Mike. „Unsere Geräte spielen seit einiger Zeit verrückt, und die Strömung ist nicht ohne. Aber das dort ist eindeutig ein Leuchtfeuer." Er besah sich das Meer.

Weiter westlich, in der Richtung des Leuchtfeuers, glaubte er Land zu sehen. Und das Meer dorthin war frei, Jedenfalls oberhalb des Wassers.

Mike nahm das Fernglas herunter und gab es Jens. „Wir haben keine andere Wahl. Der Weg scheint frei zu sein. Wir fahren in Richtung des Leuchtfeuers. Das ist unsere einzige Chance." Damit drehte er sich um und ging zum Steuer. Er ließ den Motor an, und drehte die Yacht in Richtung Land. Ganz langsam fuhr er dem Leuchtfeuer entgegen.

Die Dunkelheit war so dicht, dass Mike sich auf sein Glück verlassen musste. Und so kam es, dass er plötzlich auf Land auflief. Er stoppte die Yacht. Das Leuchtfeuer war nicht weit von ihnen entfernt. „Pech," dachte er bei sich. „Da müssen wir morgen sehen, dass uns jemand das Boot wieder ins Meer zieht. Alles halb so wild. Erst mal sind wir in Sicherheit." Er drehte sich zu seiner Familie um und sagte laut: „Wir sind aufgelaufen und liegen fest. Aber darum können wir uns erst morgen kümmern. Jetzt ist es zu dunkel. Erst mal sind wir jedenfalls in Sicherheit. Wir sollten ein wenig schlafen. Die letzten Stunden waren anstrengend genug." Sie gingen nach unten in ihre Kajüten, und kurz darauf waren sie alle vor Erschöpfung eingeschlafen.

Sie erwachten erst Stunden später aus ihrem Schlaf. An Deck bemerkten sie, dass Nebel und Dunkelheit verschwunden waren. Das Wetter war herrlich sonnig und warm. Sie verließen die Yacht und standen im weißen warmen Sand. Mike sah sich die Yacht an. „ Komisch," sagte er. „Ich hätte wetten können, dass hier noch mehr Wasser war. Die Yacht liegt total auf dem Trockenen." „Vielleicht ist hier gerade Ebbe," beruhigt ihn Jason. Doch Mike glaubte nicht daran. Er besah sich den Strand. Wie war es möglich, dass die Yacht nicht kippte? War irgendwas unter dem Sand, was sie hielt? Würden sie da auch wieder rauskommen?

Er sah sich um. „Dad, müssten wir den Leuchtturm nicht von hier aus sehen können?" fragte Jens. „Er war vorhin doch ziemlich nah." „Ich versteh das alles nicht," murmelte Mike. „Hey, weiß einer von euch, wie spät es ist?" rief Susi dazwischen. „Meine Uhr ist stehen geblieben." Lea sah auf ihre Uhr: „Meine auch." Überrascht sah sie Mike an. Jetzt kontrollierten auch die anderen ihre Uhren. Keine von ihnen funktionierte noch. Und ... alle waren um die gleiche Zeit stehen geblieben. „Was bedeutet das alles?" in Maggies Stimme war Angst zu hören. Jens ging zu ihr, und nahm sie in den Arm. „Keine Angst, Mag. Das wird sich alles klären."

„Wir sollten uns hier umsehen," schlug Mike vor. „Irgendwo müssen ja Bewohner sein. Ein Leuchtfeuer geht nicht von alleine an und aus." Er schlug vor, dass die Frauen an Bord warten, während er mit Jens und Jason auf die Suche gehen würde. Doch die Jungs überzeugten ihn, dass wenigstens einer von ihnen bei den Frauen bleiben sollte. So blieb Jens an Bord und Susi ging mit ihrem Vater mit.

Sie gingen zuerst am Strand entlang in Richtung des Leuchtfeuers. Um sich nicht zu verlaufen, hielten sie die Richtung bei. Erstaunlicherweise sahen sie nach nicht einmal fünf Stunden ihre eigene Yacht vor sich. Lea sah sie kommen. Mit einem Aufschrei warf sie sich ihrem Mann in die Arme. „Wir haben uns um euch solche Sorgen gemacht." „Wieso," fragte Mike. „Ist was passiert? War jemand hier?" „Nein, nichts und niemand." Jens kam auf ihn zu. „Aber wieso kommt ihr von dieser Seite? Ihr seid doch in die andere Richtung gegangen." Mike ging an Bord. „Wir sind auf einer Insel," erklärte er. „Eine ziemlich kleine Insel. Wir sind am Strand um die ganze Insel herum gegangen."

Lea sah ihn ungläubig an. „Und, habt ihr Menschen gesehen?" Mike schüttelte den Kopf und drehte sich nachdenklich Richtung Strand. „Vielleicht sind die Bewohner im Inneren der Insel. Da hinter dem Strand scheint ein Wald zu sein. Wer weiß, vielleicht gibt es dort auch einen kleinen Ort oder so was. Wir sollten jetzt erst mal die Dunkelheit abwarten, damit wir einen ungefähren Tageszeitpunkt haben. Morgen sehen wir uns dann die Inselmitte an." Müde drehte er sich um und ging unter Deck.

Mike saß gedankenverloren auf seinem Bett als Lea eintrat. Die anderen Vier hatten sich ebenfalls in ihre Betten zurück gezogen. Lea sah ihren Mann an. „Was ist los, Mike?" Mike schüttelte den Kopf. Er legte sich auf das Bett und starrte an die Decke. „Es ist seltsam," begann er. „Wir haben die ganze Insel in nicht einmal fünf Stunden umrundet. Und wir haben nichts gesehen." Er stockte. „Nichts, Lea. Gar nichts." „Was meinst du damit?" Mike sah jetzt Lea an. „Wir haben gar nichts gesehen, Lea. Keinen Menschen, kein Tier, nichts einmal einen Vogel oder eine Fliege. Aber vor allem ... keine Leuchtfeuer und keine Feuerstelle."

Lea zuckte zusammen. „Was sagst du da? Aber wir haben das Leuchtfeuer doch gesehen. Und wenn es kein Leuchtturm war, dann muss es .." „Eine offene Feuerstelle gewesen sein," ergänzte Mike. „Ja, ich weiß. Aber auf dem ganzen Strand rund um dieser Insel gibt es nichts davon. Wir müssen unbedingt in die Inselmitte. Hoffentlich finden wir dort irgendwas. Denn sonst ..." Mike schwieg. Aber Lea konnte den Satz in Gedanken sehr gut vollenden. Sie wussten nicht, wo sie waren. Wenn sie nichts und niemanden fanden, würden sie dann hier wieder wegkommen?

Sie alle schliefen schlecht in dieser Nacht. Zu viele Gedanken gingen ihnen durch den Kopf. Wo waren sie gestrandet? Und vor allem, wie kommen sie wieder von hier weg?

Die Sonne ging gerade auf, als Mike aufstand. Er richtete für sich und die Familie das Frühstück her. Die erste Tasse Kaffee hatte er bereits ausgetrunken, als die Anderen kamen. Zögerlich begannen sie mit dem Frühstück. So recht Appetit hatte keiner von ihnen, doch Mike sorgte dafür, dass sie alle etwas aßen. Nachdem sie den Tisch abgeräumt hatten, und die Kaffeekanne noch einmal gefüllt wurde, sagte Mike: „Wir müssen überlegen, wie wir jetzt weiter vorgehen." Jens unterbrach ihn: „Jason und ich haben gestern Abend noch darüber geredet. Wir wollen heute in die Mitte der Insel um die Bewohner zu finden. Das, finden wir jedenfalls, hat oberste Priorität."

Mike nickt und schüttelte dann den Kopf. Die Jungs sahen ihn irritiert an. „Habt ihr einen Leuchtturm gesehen, oder eine Feuerstelle?" fragte Mike, an Jason und

Susi gewandt. Die Beiden sahen sich an und schüttelten den Kopf. Jason stutzte. „Das kann doch gar nicht sein," meinte er. „Woher kam dann das Leuchtfeuer?" Mike zuckte mit den Schultern. „Wir sollten uns darauf einstellen, dass wir vielleicht keinen Menschen auf dieser Insel finden." Doch die Kinder widersprachen ihm. Ein Leuchtfeuer, egal welcher Art, werde doch immer von Menschen entzündet. Also muss hier irgendjemand leben. Daran glaubten sie, oder besser gesagt... sie wollten fest daran glauben. Denn Mikes Worte hatten ihnen Angst gemacht.

So entschieden sie, die Mitte der Insel zu erkunden. Jason und Susi blieben an Bord, während die anderen Vier sich in zwei Gruppen teilten und los gingen. Stundenlang durchforsteten sie die ganze Insel. Immer wieder trafen sie aufeinander, oder standen plötzlich am anderen Ende der Insel. Es war schon später Nachmittag, als sie wieder bei der Yacht eintrafen.

Erschöpft ließen sie sich an Deck nieder. Jason und Susi brachten ihnen Essen und Trinken und fragten nichts. Sie waren sich einig darüber, dass die Vier sich erst etwas erholen sollten, bevor sie zu erzählen anfingen. Und die Vier waren ihnen sehr dankbar dafür. So schweigend verging eine ganze Weile, und es begann bereits zu dämmern, als Mike sich einen Ruck gab. Er zündete Lichter an und wandte sich dann an die Anderen. „Bitte sagt mir, dass ihr etwas gefunden habt." Lea sah ihn an. „Außer einer Süßwasserquelle und Bäume und Sträucher mit essbarem Obst leider nichts. Keine Tiere, keine Menschen." Ihre Stimme war leise geworden. Sie hatte Angst, dass auch Mike nichts gefunden hatte.

Der sah sie entsetzt an. „Wir haben nur einen See gefunden. Wahrscheinlich sammelt sich dort das Wasser aus der Quelle." Jason fragte nach: „Keine Menschen oder Tiere?" Maggie schüttelte den Kopf. „Nichts davon." Sie sah auf den Boden und Tränen traten in ihre Augen.

Minutenlang war nur Schweigen. Dann fragte Susi: „Und was machen wir jetzt?" Mike sah zu Boden. Er hatte keine Ahnung. Die Yacht lag vollkommen auf dem Trockenen. Sie allein würden das Boot niemals ins Wasser bekommen. Er wusste ja nicht einmal, wie lange die Yacht noch stehen würde. Was ist, wenn sie plötzlich kippt? Dann wären sie ohne Hilfe verloren. Leise sagte er: „Wir müssen abwarten. Vielleicht kommt bald die Flut, und wir kommen hier frei. Wir brauchen nur Geduld." Sie verbrachten einen schweigsamen Abend. Keinem fiel eine Lösung ein. Niedergeschlagen gingen sie ins Bett.

Der nächste Tag war herrlich. Der Himmel war blau, und die Sonne beschien den Strand. Lea hatte das Frühstück oben auf Deck angerichtet. Als sie alle am Tisch saßen, sagte Mike: „Eure Mutter und ich haben uns heute Nacht zu etwas entschlossen. Wir werden uns nicht unterkriegen lassen. Wir sollten die Zeit hier genießen, bei diesem wunderschönen Wetter. Und so furchtbar ist die Insel auch nicht. Wir denken, dass wir vielleicht eine Lösung finden, wenn wir nicht krampfhaft danach suchen. Lasst uns die Zeit hier wie Urlaub genießen, aber haltet die Augen auf. Seid einfach immer wachsam."

Die Kinder sahen ihn an. Nach einem Moment der Überlegung stimmten sie ihm zu. Schließlich zahlen Andere eine Menge Geld dafür, um auf einer solchen Insel Urlaub machen zu dürfen. Und das Wetter und der Strand waren trotz allem richtig verlockend. Also beschlossen sie, heute einfach nur den Tag mit schönen Dingen zu verbringen.

Während Lea und Mike es sich an Deck gemütlich machten, nahmen die vier Freunde ihre Decken und gingen an den Strand. Sie badeten im warmen Wasser und genossen die Sonne auf ihren Decken. Als die Sonne nicht mehr ganz so heiß brannte, holten sie sich Essen und Trinken von der Yacht, und forderten die Eltern zu einem Ballspiel auf. Lea und Mike gesellten sich zu den Kindern. Und so verging die Zeit wie im Fluge. Es fing an zu dämmern, als sie ihr Spiel beendeten.

Jens holte den Grill vom Boot, so dass sie ihr Abendessen zubereiten konnten. Während die Mädchen Zweige vom Rande des Waldes sammelten, holten Lea und Jens Gläser und Getränke für alle.

Entspannt machten sie ein kleines Feuer. Sie hatten erstaunlich gute Laune und unterhielten sich über alles mögliche. Sie lachten und es schien, als hätten sie ihre Situation fast vergessen. Mike stand auf und holte seine Gitarre vom Boot. Als er wieder in der Runde saß, verschwanden plötzlich Jens und Jason. Auch sie hatten ihre Gitarren mit, was vorher keiner gesehen hatte. So spielten und sangen sie den ganzen Abend und die halbe Nacht. Wie in einem ganz normalen Urlaub. Und als sie ins Bett gingen, konnten sie zum ersten Mal, seit sie auf dieser Insel waren, wieder richtig schlafen.

Am nächsten Tag ließen sie es ruhig angehen. Mit Homer gingen sie an den Strand. Er sollte sich einmal richtig austoben. Mike fiel auf, dass der Hund sich vom Wasser fernhielt, doch er konnte sich keinen Reim daraus machen. Nach dem Toben wollten die Mädchen baden gehen, doch Homer gebärdete sich wie wild und versuchte die Beiden vom Wasser weg zu jagen. Die Mädchen hielten das für Spaß, und während Susi Homer ablenkte, ging Maggie ins Wasser.

Sie war noch nicht tief drinnen, als sie plötzlich aufschrie. Sie versuchte, aus dem Wasser heraus zu kommen, doch irgendetwas hielt sie fest. Jason hielt Susi vom Wasser fern, und Mike und Jens eilten zu Maggie. Als sie sie umfassten um sie aus dem Wasser zu holen, spürten sie plötzlich etwas an den Beinen. Jens schrie auf, und sah seinen Vater erschrocken an. „So schnell wie möglich raus hier," rief dieser, und mit aller Kraft machten sie gegen den Widerstand an ihren Beinen einen Schritt nach dem anderen in Richtung Strand. Als sie nur noch im kniehohen Wasser waren, kam Homer angerannt. Er bellte wie verrückt ins Wasser hinein, und plötzlich war der Widerstand verschwunden.

So schnell es ging eilten sie aus dem Wasser. Im flachen Wasser sah Mike nach unten. Er sah lange, helle und dünne Tentakeln, die sich um Maggies Beine gewickelt hatten. Homer lief auf Maggie zu und bellte sie an. Plötzlich waren die Tentakeln verschwunden. Am Strand legten sie Maggie auf eine Decke, die Susi bereits ausgebreitet hatte. Maggie weinte. Ihre Beine waren knallrot und voller Striemen. Und sie brannten wie Feuer.

Lea, von Beruf Ärztin, kniete sich zu ihr hin und besah sich die Beine. Dann schickte sie Susi auf das Boot, um die Arzttasche, Verbandszeug und Salbe zu holen. Sie sprach beruhigend auf Maggie ein, und dabei entging ihr der Blick, den Jens seinem Vater zuwarf. Mike sah ihn an und schüttelte nur ganz leicht den Kopf. „Jetzt nicht," flüsterte er ihm zu.

Er ging an das Wasser und sah auf das Meer hinaus. Homer hatte sich beruhigt, blieb aber ganz dicht neben ihm stehen. In Gedanken versunken starrte Mike in die Ferne, als er plötzlich etwas an seinen Beinen spürte. Er sah nach unten und wunderte sich. Tentakeln, hier am Strand? Im klaren Wasser konnte er nichts erkennen. Homer spielte verrückt und bellte die Tentakeln an, die sofort wieder im Wasser verschwanden. Automatisch ging Mike einen Schritt zurück. Quallententakeln. Aber wie groß müssen die Quallen sein, wenn die Tentakeln bis zum Strand reichen, im Wasser aber, soweit man schauen kann, keine Quallen zu sehen sind? Mike war ratlos. Was zum Teufel ist hier eigentlich los?

Unbemerkt hatte sich Jens zu ihm gestellt. „Dad, was läuft hier?" Seine Stimme klang ängstlich. Mike sah ihn an: „Ich weiß es nicht." Er drehte sich zu den Anderen um, die verängstigt und irritiert auf das Wasser sahen. Er ging zu Maggie, nahm sie auf den Arm und meinte dann: „Wir sollten lieber auf die Yacht zurückgehen."

Zurück an Bord legte er Maggie auf eine der an Deck stehenden Liegen. Lea hatte ihre Wunden verarztet und Mag eine Schmerztablette gegeben. Jetzt wandte sie sich an Mike und Jens: „Lasst mich eure Beine behandeln. Ihr habt genau solche Verbrennungen wie Mag, nur nicht so stark. Ich möchte sie wenigsten säubern und einsalben." Die Beiden wussten, dass Widerstand bei ihr sinnlos war, also ließen sie Lea die Wunden verarzten.

Susi brachte inzwischen etwas zu Trinken, und sie setzten sich neben Mag auf das Deck. Gespannt sahen sie Mike an, doch er wusste nicht so recht, wie er ihnen seine Meinung schonend beibringen konnte. Er zögerte.

Lea sprach ihn an: „Mike, du weißt doch irgendwas. Bitte, rede mit uns." Mike sah in die Runde. Dann begann er leise zu reden: „Wissen ist zu viel gesagt, aber ich vermute etwas. Habt ihr bemerkt, wie Homer sich aufführt, wenn er die Quallen sieht? Er spielt total verrückt. Und jetzt denkt mal daran, was Gianno uns erzählt hat." Jason hakte nach: „Du meinst, über die Geister der Tiefe?" Mike nickte. „Genau. Ich glaube, dass diese Riesenexemplare von Quallen die Geister der Tiefe sind. Sie sind weiß, fast durchsichtig, und sie scheinen weiter unten im Wasser zu sein. Ich habe jedenfalls keine Quallen im Wasser sehen können, als wir ihre Tentakeln gespürt hatten. Und sie verschwinden, wenn Homer sie anbellt. Das passt zu dem, was Gianno uns erzählt hat."

Alle schwiegen. Dann meinte Maggie plötzlich: „Aber die Geister der Tiefe sind doch nur da, wenn diese merkwürdige Insel auftaucht, Mike. Jedenfalls habe ich das bei Gianno so verstanden." Die Anderen nickten Zustimmung. Mike sah

Maggie in die Augen. Dann antwortete er leise: „Ja." Jetzt schaltete auch Jens. „Dad, das würde ja bedeuten…" „Das wir auf dieser Insel sind. Ja." „Und was tun wir jetzt?" wollte Lea wissen. Doch sie bekam keine Antwort. Wie erstarrt saßen sie alle da. Waren sie wirklich dieser merkwürdigen Insel in die Falle gegangen? Und gab es einen Weg von hier weg? Aber vor allem, wie lange konnten sie hier überleben?

Sie merkten nicht, wie die Zeit verging, sie saßen einfach nur da und schwiegen. Es begann zu dunkeln, als Mike aufstand und ausrief: „Wir dürfen uns nicht unterkriegen lassen. Ab Morgen werden wir uns genau überlegen, was wir machen können. Bis dahin sollten wir uns noch etwas ausruhen." Er drehte sich um und ging zurück an den Strand. In sicherer Entfernung vom Wasser setzte er sich in den Sand. Seine Gedanken kreisten. Er fühlte sich verantwortlich, und er hatte Angst. Unglaubliche Angst.

Lea beobachtete ihn von Bord aus. Sie konnte fühlen, wie Mike sich quälte, aber sie konnte ihm nicht helfen. Ratlos ließ sie ihre Blicke schweifen. Plötzlich stutzte sie. Da hinten war doch Licht zu sehen. Sie rief Jason und Jens zu sich und zeigte auf den Schein. Jens sprang von Bord und lief zu seinem Vater. „Dad, da hinten. Da ist Licht, siehst du das?" Mike sah auf und in die Richtung, in die Jens zeigte. „Das ist ein Leuchtfeuer," rief er aufgeregt. „Dann muss es hier auch Menschen geben, Dad."

„Hol die Taschenlampen, Jens. Das sehen wir uns an." Jens holte die Lampen, und gemeinsam machten sie sich auf den Weg zum Leuchtfeuer. Sie brauchten ungefähr eine halbe Stunde, bis sie an der Stelle waren, wo sie das Feuer gesehen hatten. Überrascht blieben sie stehen. „Hier muss es gewesen sein," murmelte Mike. Doch sie sahen nichts. Es gab kein Feuer mehr, und auch keine Feuerstelle. Eine weitere halbe Stunde suchten sie die ganze Umgebung ab. Aber es war sinnlos, sie fanden nichts. Irritiert und frustriert gingen sie zurück zum Boot.

Lea erwartete sie ungeduldig am Strand. Sie lief Mike entgegen und warf sich in seine Arme. „Ich hab mir solche Sorgen gemacht," meinte sie. „Habt ihr was gefunden?" „Lass uns erst mal an Bord gehen, Schatz." Mike war immer noch verwirrt. Wie sollte er den Anderen erklären, was er selbst nicht verstehen konnte?

An Bord warteten alle gespannt auf Mikes Bericht. Er ließ sich Zeit, dann erzählte er ihnen, das Jens und er die ganze Umgebung abgesucht, aber nichts gefunden hatten. Lea sah ihn überrascht an: „Und das Leuchtfeuer? Das habe ich mir doch nicht eingebildet. Ihr habt es doch auch gesehen." Mike nickte. „Ja, aber da war kein Feuer mehr, als wir ankamen. Keine Brandstelle, kein Leuchtturm."

Jason unterbrach ihn. „Vielleicht sollten wir uns das morgen bei Tageslicht noch mal ansehen. Dann finden wir bestimmt was." Die drei Frauen nickten. Maggie gähnte: „Ich denke, ich gehe jetzt schlafen. Kommst du mit, Susi?" Susi half ihr hoch und gemeinsam gingen sie in ihre Kabine. Auch Lea stand auf. „Ich werde im Bett noch etwas lesen." Sie gab Mike einen Kuss und meinte nur: „Macht nicht mehr solange, ihr Drei."

Jetzt waren die drei Männer allein. Mike wandte sich an die Jungs: „Wir müssen uns was einfallen lassen. Es kommt mir so vor, als würde hier irgendjemand oder irgendetwas mit uns spielen. Und das passt mir ganz und gar nicht." „Dad, wir müssen uns die Insel noch einmal genauer ansehen. Vielleicht haben wir vorhin etwas übersehen." „Genau," ergänzte Jason. „Außerdem sollten wir versuchen herauszufinden, ob auf der anderen Seite der Insel auch solche Leuchtfeuer zu sehen sind."

Erstaunt fragte Mike: „Du glaubst, dass dort vielleicht auch Schiffe angelockt werden?" Jason zuckte nur mit der Schulter. „Keine Ahnung. Aber wer sagt, dass es nicht so ist?" „Dann sollten die Mädels sich auf gar keinen Fall mehr allein irgendwo aufhalten." Jens war alarmiert. Die Drei sahen sich an. Sie waren besorgt. Gibt es vielleicht doch Leben auf der Insel? Aber falls doch, warum zeigt sich derjenige dann nicht? Müde rieb Mike sich die Stirn. „Lasst uns ins Bett gehen. Wir reden Morgen weiter."

Sie löschten das Licht und gingen schlafen.

Lea war bereits eingeschlafen, als Mike sich zu ihr legte. Aber für ihn war an Schlaf nicht zu denken. Seine Gedanken fuhren Achterbahn. Er kam einfach nicht zur Ruhe. Leise stand er wieder auf, zog sich etwas über und ging an Deck. An die Reling gelehnt betrachtete er die Insel. Plötzlich sah er auf. Da hinten war doch was. Es sah aus wie ein Feuer, aber weit weg. Er sah nur einen Schein, war das etwa an der anderen Seite der Insel? Er griff zum Fernglas, das er immer an Deck hatte.

Er glaubte seinen Augen nicht zu trauen, aber der Schein, den er sah, flackerte wie richtiges Feuer. Er konnte es nur undeutlich sehen, weil zu viele Bäume davor waren. Das Feuer war also wirklich am anderen Ufer der Insel.

In diesem Moment berührte ihn etwas an der Schulter. Mike sah auf. Jens und Jason standen neben ihm. Ohne etwas zu sagen, deutete Mike auf den Feuerschein und gab den Jungs das Fernglas. Beim Durchsehen entfuhr den Beiden ein Ausruf des Erstaunens. „Das ist wirklich am anderen Ufer," rief Jens aus. Mike nickte. „Und was machen wir jetzt?" fragte Jason. „Heute gar nichts mehr. Es wäre zu riskant, im Dunkeln die Insel zu durchqueren. Und wir wissen auch nicht, was uns da drüben erwartet."

Er drehte sich um: „Ich werde mir jetzt mal ein Glas Whisky gönnen, vielleicht kann ich dann etwas schlafen." Jens sah ihn an. „Dürfen wir dir noch etwa Gesellschaft leisten, Dad?" Mike lachte. „Kaum Volljährig, und schon trinkt er mir meinen Whisky leer," spottete er. Schweigend saßen die Drei noch eine ganze Weile auf dem Deck. Sie genossen die Ruhe, aber vor allem auch das vertraute Miteinander. Doch irgendwann siegte die Müdigkeit. Während die Jungs nach unten gingen, machte Mike es sich in einem Liegestuhl bequem. Homer legte sich neben ihn, und nach wenigen Minuten war Mike eingeschlafen.

Er erwachte am nächsten Morgen durch eine sanfte Berührung. Lea stand vor ihm und streichelte sein Gesicht. Sie lächelte, als er sie ansah. „Im Bett wäre es bestimmt bequemer gewesen," meinte sie zu ihm. Stöhnend erhob sich Mike aus dem Liegestuhl. „Ich werde alt," murmelte er, während er sich reckte. „Was heißt hier, du wirst, Dad?" fragte Susi im Vorbeigehen. Lachend drohte Mike ihr mit dem Zeigefinger.

Beim Frühstück erzählte er von dem Feuerschein, den er letzte Nacht gesehen hatte. Er bat die Frauen, von jetzt an nicht mehr allein an den Strand oder irgendwo anders hinzugehen. Nur noch in Begleitung von wenigsten einem der Männer. Außerdem sollten sie jetzt ihr Boot noch weniger allein lassen. Schließlich wären sie darauf angewiesen.

„Und was machen wir, wenn uns das Jemand wegnehmen will?" fragte Maggie. „Verteidigen," antwortet Mike. „Ich habe eine Waffe an Bord, die werden wir von jetzt an bereit halten. Jens, geh doch bitte mal zum Motor. Rechts unter der Luke ist ein Päckchen festgebunden. Bring mir das doch bitte." Jens brachte ihm das Gewünschte. Mike wickelte das Paket aus und hielt einen Revolver in der Hand. „Ihr sollt damit nicht sinnlos durch die Gegend ballern," sagte er zu den Anderen. „Aber wir dürfen das Boot nicht verlieren, sonst kommen wir nie von hier weg."

Mike versteckte die Waffe an Deck, so dass jeder von ihnen wusste, wo sie lag und dass sie leicht daran kommen würden. Als er sich setzte, hatte Jens das Paket in der Hand. „Und was ist das für ein Buch, Dad?" fragte er. Mike sah ihn überrascht an. „Buch, was für ein Buch?" Jens hielt ihm das Buch hin, das er aus dem Tuch gewickelt hatte. „Das hier."

Mike nahm ihm das Buch aus der Hand und schlug es auf. „Ich werde verrückt. Das ist das Tagebuch von meinem Vater. Ich weiß nicht, wie lange ich das schon gesucht habe." Susi sah auf. „Opas Tagebuch? Wieso hat der Tagebuch geschrieben? Das ist doch ungewöhnlich für einen Mann." „Ich weiß nicht," begann Mike, „ob ihr euch überhaupt noch an euren Großvater erinnern könnt. Schließlich wart ihr noch sehr klein, als er verschwand. Euer Großvater war Kapitän auf einem kleinen Segelschiff, auf dem Urlauber mitfahren und mitarbeiten konnten. Er war sein ganzes Leben auf dem Meer. Niemand kannte es so gut wie er.

Ich habe diese Leidenschaft für das Meer und die Seefahrt von ihm geerbt. Er hat mir alles beigebracht, was ich heute kann. Und ich denke, dass ist eine ganze Menge." Für einen kurzen Moment hielt Mike inne. Dann fuhr er fort: „ Euer Großvater hatte eines Tages wieder so eine Urlaubstour. Auf dem Rückweg dieser Fahrt verschwand das Schiff, und mit ihm alle Menschen, die an Bord waren. Weder das Schiff, noch die Menschen sind jemals wieder aufgetaucht. Damals wart ihr noch nicht einmal im Kindergarten."

Die Anderen lauschten ihm atemlos. Jason fragte: „Und wie bist du dann an dieses Tagebuch gekommen?" Mike sah das Buch an. „Es gab für kurze Zeit einen Überlebenden. Man fand ungefähr zwanzig Tage nach verschwinden des Schiffes ein Wrackteil davon. Auf diesem Stück lag einer der Seemänner. Aber damals war er bereits tot. Als man ihn durchsuchte, fand man dieses Tagebuch und einen Brief von meinem Vater an meine Mutter. So ist das Buch zu ihr gekommen. Sie hat mir nie gesagt, was in diesem Buch steht. Wann immer ich sie gefragt habe, ist sie mir ausgewichen.

Erst nach dem Tod eurer Großmutter vor zwei Jahren bekam ich den Brief und dieses Tagebuch zu sehen. Doch ich muss gestehen, vor lauter Arbeit in der Kanzlei bin ich nie dazu gekommen, es zu lesen. Ich habe es dann mit der Waffe hier an Bord gebracht. Aber dass ich beides zusammen eingepackt habe, daran kann ich mich gar nicht erinnern." Mike schwieg. Gedankenverloren besah er das Buch in seiner Hand. Er hatte nie erfahren, wie das Schiff seines Vaters so spurlos verschwinden konnte. Er vermisste ihn. Ob in dem Tagebuch darüber etwas vermerkt war? Er riss sich zusammen. Nein, nicht jetzt. Im Moment gab es Wichtigeres zu tun.

Er sah jetzt die Anderen an. „Jens, du bleibst mit Maggie hier an Bord. Ihr seid heute für das Boot verantwortlich. Passt gut darauf auf. Jason, du und Susi, ihr müsst unseren Wasservorrat an Bord auffüllen. Nehmt ein paar Kanister, geht zur Quelle und holt von dort Wasser. Vielleicht könnt ihr auch ein paar Früchte mitbringen." „Ok, Mike. Und was machst du?" „Lea und ich werden uns die Stelle des Feuers und die gegenüber liegende Inselseite mal genauer ansehen. Vielleicht finden wir etwas." „Und wie können wir wissen, dass es euch gut geht, Dad?" Jens war besorgt. „Wir nehmen die Signalpistole mit. Wenn was sein sollte, schieße ich sie ab."

Mike erhob sich. Er und Lea gingen bereits los, als Jason und Susi noch Kanister zusammen suchten. Zuerst suchten sie noch einmal nach der Feuerstelle vom Vorabend. Doch wie schon in der Nacht zuvor fanden sie nichts. So beschlossen sie, sich am anderen Ufer der Insel um zu sehen.

Lea und Mike gingen quer durch den Wald und kamen so schnell zum gegenüber liegenden Strand. Sie gingen ein paar Schritte versetzt durch den Sand und suchten nach Spuren. Als Lea aufblickte, sah sie am Waldrand etwas liegen. Sie rief Mike und beide gingen hinüber. Es war ein Wrackteil einer Yacht. Ein Name war darauf: Lisa-Marie. „Das sieht frisch aus," murmelte Mike. „Ich bin sicher, dass es vor ein paar Tagen noch nicht hier war."

Er sah den Strand hinunter. In der Ferne war ein dunkler Fleck. „Lass uns weitergehen, Schatz," meinte er. Sie gingen wieder Richtung Wasser, und dann weiter den Strand entlang. Aufmerksam betrachteten sie jede Stelle im Sand. Dabei kamen sie dem dunklen Fleck immer näher. Lea bemerkte, das Mike immer wieder aufblickte. Sie sah zu dem Fleck hinüber und blieb überrascht stehen. „Mike, da liegt jemand."

Mike sah genauer hin, und fing an zu laufen. Der dunkle Fleck war ein Mann. Er lag bewusstlos im Sand. Lea ging gleich auf die Knie und fühlte ihm den Puls. „Er lebt noch," sagte sie zu Mike. Sie tastete den Fremden ab, konnte aber keine großen Verletzungen feststellen. „Er scheint nicht allzu schwer verletzt zu sein. Verbrennungen am Bein, wie bei Maggie. Also wahrscheinlich durch Quallen verursacht. Ein paar Schnittwunden, und eine ziemliche Beule am Kopf." Sie erhob sich. „An Bord könnte ich ihn verarzten, aber hier habe ich nichts dabei. Wir sollten ihn zum Boot bringen."

Mike überlegte, dann sagte er zu Lea: „Hilf mir, ihn aufzurichten. Ich werde ihn über die Schulter nehmen. Von hier bis zur Quelle ist es nicht weit. Vielleicht haben wir Glück und Jason ist noch dort." Lea half ihrem Mann so gut sie konnte, dann machten sie sich auf den Weg zur Quelle.

Es war wirklich nicht weit. Schon nach fünfzehn Minuten waren sie dort. Und sie hatten Glück, auch Jason und Susi hielten sich dort noch auf. Jason kam ihnen gleich entgegen und half Mike, den immer noch bewusstlosen Fremden abzulegen. Erstaunt sah er Mike an. „Er lag am Strand. Wir konnten ihn doch nicht einfach liegen lassen. Hilf mir, ihn zum Boot zu bringen. Dort wird Lea sich um ihn kümmern." Sie nahmen den Fremden in die Mitte, Lea und Susi griffen sich die Kanister, und dann machten sie sich auf den Weg zum Boot.

Dort angekommen, lief Jens ihnen entgegen, und gemeinsam hoben sie den Fremden auf das Boot und brachten ihn unter Deck. Dann legten sie ihn auf ein

Bett in einer leeren Kabine. Lea kam mit ihrer Arzttasche und untersuchte den Fremden gründlich. Mike ließ sie dabei nicht aus den Augen. Schließlich wussten sie nichts über den fremden Mann. Lea säuberte den Fremden, untersuchte ihn und verband seine Wunden. Zu Mike gewandt meinte sie nur: „Er ist nicht schwer verletzt. Wir sollten ihn ein bisschen schlafen lassen. Wer weiß, was er durchgemacht hat. Lass uns nach oben gehen. Ich habe Hunger und Durst." Sie fasste Mike am Arm und zog ihn hinter sich her.

An Deck waren Essen und Trinken bereits auf dem Tisch, und während sie aßen, erzählten Mike und Lea von ihrer Suche. Eigentlich hatten sie nichts gefunden, was für sie wichtig sein könnte, aber Mike hoffte, dass der Fremde vielleicht mehr weiß. Mittlerweile begann es schon zu dämmern. Die Frauen zündeten einige Kerzen an und machten es sich an Deck bequem.

Plötzlich betrat der Fremde das Deck. Als er die Sechs sah, blieb er verunsichert stehen. Mike ging ihm entgegen. „Keine

Angst," sagte er. „Wir tun Ihnen nichts. Sie haben bestimmt Hunger und Durst. Kommen Sie, essen und trinken Sie erst einmal in aller Ruhe. Ich bin übrigens Mike." Er reichte dem Fremden die Hand, der nur zögernd nach ihr griff. Sein Händedruck war warm und fest. „Ich heiße Bill." Seine Stimme klang tief, aber sie wirkte irgendwie beruhigend. Er nahm am Tisch Platz und begann zu essen. Niemand störte ihn dabei. Sie ließen ihn erst in aller Ruhe die Mahlzeit zu sich nehmen, obwohl ihnen einen Menge Fragen auf der Zunge lagen.

Als er mit essen fertig war, begann Mike die Anderen vorzustellen. „Meine Frau Lea, meine Kinder Jens und Susi, und ihre Freunde Jason und Maggie." Bill sah jedem von ihnen in die Augen. „Ich heiße Bill, Bill Dox." „Und wo kommen Sie her Bill?" fragte Lea. Bill sah sie an. „Meine Frau und ich haben auf unserer kleinen Segelyacht Urlaub gemacht. Gestern wurde es plötzlich völlig dunkel, und dann sahen wir lauter Riffe vor uns. Aber seitlich war ein Leuchtfeuer, und wir hielten darauf zu. Leider hatten wir zu spät gestoppt und nicht bemerkt, dass die Riffe bereits unsere Yacht aufgerissen hatte. Sie fing an zu sinken noch bevor wir das Land erreicht hatten. Meine Frau …"

Bill stockte. Tränen traten in seine Augen. „Meine Frau fiel dabei ins Wasser. Ich versuchte, sie wieder raus zu ziehen. Aber da waren plötzlich entsetzlich lange Tentakeln. Sie wickelten meine Frau richtig damit ein. Sie schrie. Und dann … dann zogen diese Tentakeln meine Frau in die Tiefe. Ich bin kurz darauf bewusstlos geworden und gerade eben hier erst wieder aufgewacht." Bill weinte. „Sie haben sie nicht gefunden, oder?" Mike schüttelte den Kopf.

Vorsichtig fragte er nach: „Sie haben also ein Leuchtfeuer gesehen?" „Ja, ich danke Ihnen dafür. Es war ein guter Versuch und hätte auch geklappt, hätten wir die Riffe nur einen Moment früher gesehen." Mike schüttelte den Kopf. „Das waren wir nicht," meinte er leise. Bill sah auf. „Dann leben hier noch andere Menschen?" Wieder schüttelte Mike den Kopf. „Nein, wir haben noch keine gefunden. Hier ist Nichts, kein Mensch, außer uns, und auch kein Tier."

Bill rief überrascht aus: „Und wer

entzündet dann das Leuchtfeuer? Das geht doch nicht von alleine." „Anscheinend doch," antwortete Mike. „Uns ging es genauso wie ihnen, nur haben wir vor den Riffen rechtzeitig stoppen können. Wir wollten uns hier in Sicherheit bringen. Tja.." Für einen Moment schwieg Mike. Er überlegte, dann sah er Bill an und erzählte ihm alles. Von ihrer Ankunft auf dieser Insel bis heute. Gespannt lauschte Bill seiner Erzählung. Als Mike geendet hatte, war Stille um ihn herum. Mike sah auf und direkt in Bills Augen. Der meinte nur: „Ich stehe in Ihrer Schuld. Ich habe keine Möglichkeit mehr, von hier fort zu kommen, wenn Sie mich nicht mitnehmen. Von jetzt an stehe ich Ihnen zur Seite so gut ich nur kann." Er reichte Mike die Hand, und die beiden Männer besiegelten damit stillschweigend das Versprechen zusammen zu halten. Ja, ein Mann mehr wäre hier gar nicht so verkehrt.

Sie saßen an diesem Abend noch lange zusammen. Bill sah gut aus, groß gewachsen und kinnlange schwarze Haare. Und er konnte etwas, was viele Leute nicht können, nämlich humorvoll erzählen. Er sprach von seinem Leben. Er war Besitzer einiger großer und guter Restaurants. Eines davon war sogar in der Nähe von Mikes und Leas Haus. Sie waren dort schon öfter essen gewesen. Bill sprach davon, dass diese Reise mit der Yacht erst einmal für einige Jahre die letzte Reise für ihn und seine Frau gewesen wäre. Sie war im sechsten Monat schwanger, und sie wollten mit einem Baby kein Risiko eingehen. Seine Stimme kippte, als er davon sprach, und Tränen rollten über seine Wange.

Mike legte ihm die Hand auf den Arm. „Wir sollten jetzt alle etwas schlafen gehen," meinte er leise. „Der Tag war anstrengend für jeden hier." Er erhob sich. Lea gab Bill noch ein paar Tabletten, damit er schlafen konnte, dann gingen sie alle in ihre Betten. Doch Mike war noch zu aufgewühlt von allem, was heute passiert war. So nahm er sich das Tagebuch seines Vaters und begann darin zu lesen.

Erst kurz vor Sonnenaufgang schlief er ein. Als Lea erwachte, sah sie das Buch auf seiner Brust liegen. Vorsichtig nahm sie es herunter, gab Mike einen leichten Kuss, zog sich an und ging an Deck. Bill war schon auf. Er stand am Heck und sah auf das Meer. Nach der Begrüßung sagte er leise zu Lea: „So viele Quallen. Ich kann sie jetzt nicht sehen, aber ich weiß, dass sie da sind. Sie tauchen auf, wenn man sie nicht erwartet. Wie Geister. Geister aus der Tiefe." Lea zuckte zusammen. Geister der Tiefe. Die Insel und die Geister … , würden sie jemals hier wieder weg kommen?

Mittlerweile waren auch Mike und die Kinder erwacht. Beim gemeinsamen Frühstück planten sie ihren Tagesablauf. Mike und Bill wollten sich noch einmal das andere Ufer ansehen, diesmal ganz. Die anderen sollten sich um Wasser und Früchte kümmern. Susi und Jason würden mit Homer an Bord bleiben. Und so machten sich alle auf den Weg.

An der Quelle sorgte Lea dafür, dass Maggie ihre wunden Beine kühlte. Mag stöhnte auf, als das kalte Wasser sie berührte, doch schon kurz darauf brachte die Kühle ihren Wunden Linderung. Während die beiden Frauen Früchte in Körbe sammelten, füllte Jens die Kanister mit Wasser. Er seufzte, als er daran dachte, wie oft er wohl laufen müsste, um den Tank im Boot wieder zu befüllen. Aber Wasser war eben einfach zu wichtig. Nach der zweiten Tour und reichlich gefüllten Körben entschied Lea, dass die beiden Jungs Wasser holen sollten, und alle drei Frauen an Bord blieben. Jens zögerte, schließlich hatte Mike genaue Anweisung gegeben. Aber er kannte seine Mutter gut genug um zu wissen, dass Widerstand zwecklos war. Also zog er mit Jason los zur Quelle.

Es war schon später Nachmittag, als Mike und Bill am Strand lang zum Boot kamen. Alle waren erleichtert, dass die Beiden wohlbehalten zurück waren. Doch das Ergebnis war unbefriedigend, denn sie hatten, wie bisher auch, nichts gefunden. Keine Lebewesen, keinen Leuchtturm und keine Spur von einem Feuerhaufen. Während des Essens waren die Beiden ziemlich schweigsam.

Als sie nach dem Essen oben an Deck zusammen saßen, versuchte Maggie, ein normales Gespräch an zu fangen. Und sie hatte Glück. Keiner wollte mehr Trübsal blasen, und so lachten sie bald alle über lustige Erzählungen, oder tauschten ihre Meinungen aus. Es war für sie nach langer Zeit mal wieder ein richtig vergnüglicher Abend.

Als die Frauen bereits zu Bett gegangen waren, holte Jason, mit Mikes Erlaubnis, einen Whisky und schenkte davon ein. So saßen sie alle Vier schweigend und gedankenverloren an Deck und genossen die Ruhe. Plötzlich sah Jason auf. „Mike," sagte er. „Sieh mal, dahinten." Er zeigte auf einen Ort, der von ihnen ungefähr eine halbe Stunde entfernt lag. Als Mike hinschaute, sah er den Schein eines Feuers. Ein richtiges Feuer. Er stieß Bill an. „Ein Leuchtfeuer," meinte der. Mike sah ihn an und bemerkte, dass Bill genau in die entgegengesetzte Richtung sah. „Ja," antwortete Mike. „Aber rechts von uns." „Nein, links von uns," konterte Bill. Mike blickte nach links und zog hörbar die Luft ein. Bill sah ihn an. Dabei entdeckte er das Feuer auf der anderen Seite. „Ups," war alles, was er sagte.

Aber die beiden Jungs waren entsetzt. „Dad, das kann doch gar nicht sein. Das rechts sieht aus wie ein richtiges Feuer.

Das muss doch jemand entzündet haben."
„Ja, und das links sieht aus wie das Licht von einem Leuchtturm. Aber hier gibt es keinen Leuchtturm und kein elektrisches Licht," ergänzte Jason. Alle Vier sahen sich fassungslos an. „Ich hätte Lust, der Sache gleich auf den Grund zu gehen, solange das Feuer noch brennt." Bill blickte fragend zu Mike. Der nickte. „Jason, hol bitte die Taschenlampen, und Jens, du gibst bitte deiner Mutter Bescheid." Als die Beiden zurück waren, gingen Bill und Jens nach links und Mike und Jason nach rechts. Diesmal mussten sie doch etwas finden.

Doch alle Vier hatten das gleiche Erlebnis. Das Feuer brannte, solange sie weit genug davon weg waren. Doch kurz bevor sie das Feuer erreichten, mussten sie einen kleinen Felsen umrunden. Sie sahen den Schein des Feuers, bis sie an dem Felsen vorbei waren. Dann wurde es dunkel. Das Feuer war aus. Es gab keine Glut und keine Restwärme, also eigentlich gab es mal wieder … gar nichts. Kein Feuer, kein Holz, keine Asche … nichts.

Auf der anderen Seite war es ähnlich.

Auch dort lag ein kleiner Felsen, und auch dort verschwand das Licht, als sie am Felsen vorbei waren. Und auch dort fanden sie … nichts. Absolut nichts. Enttäuscht machten sich alle zurück auf den Weg zum Boot.

Dort erwartete Lea sie auf dem Deck. Doch sie fragte nichts. Sie sah an ihren Gesichtern, dass die Suche wieder einmal erfolglos war. Traurig und frustriert gingen sie alle ins Bett. Mike lag noch lange wach und grübelte. Aber eine Antwort auf all die Rätsel dieser Insel fand er nicht. So nahm er sich wieder das Tagebuch und fing an zu lesen.

Es fing schon an hell zu werden, als Mike beschloss, an Deck zu gehen. An Schlaf war bei ihm nicht zu denken, also … warum liegen bleiben? Leise zog er sich an und verließ die Kabine. An Deck sah er, dass Bill am Strand stand und sich das Boot ansah. Leise ging er zu ihm. Bill hörte ihn nicht, aber Mike bekam sein gemurmeltes „Seltsam" mit. „Was ist seltsam, Bill?"

Bill zuckte zusammen. „Mike, hast du mich erschreckt." Er zeigte auf die Yacht.

„Wie kann es sein, dass sie nicht kippt?"
Mike zuckte mit den Schultern. „Ich weiß
es nicht, aber gefragt habe ich mich das
auch schon. Als wir hier strandeten, war
noch Wasser unterm Bug. Am nächsten
Tag war hier nur noch Sand. Und trotzdem
steht das Boot fest, schwankt nicht,
wackelt nicht. Wir können von einer Seite
auf die andere gehen, ohne dass es
anfängt zu kippen. Ich denke, dass irgend
etwas Festes unter dem Sand ist und das
Boot hält. Wie sonst kann das angehen?"

Bill sah ihn an. „Weiß deine Familie das?"
„Nein, ich möchte nicht, dass sie sich
noch mehr Sorgen machen müssen.
Denn, seien wir mal ehrlich, wir haben
keine Ahnung, ob wir hier überhaupt
wieder weg kommen. Was, wenn wir die
Yacht gar nicht mehr frei bekommen?"

Nachdenklich sah Bill auf den Sand.
„Vielleicht sollten wir mal ein bisschen
graben, um zu sehen, was unter dem
Sand ist." Mike schüttelte den Kopf. „Das
geht nicht. Die Quallen sind zu dicht. Ihre
langen Tentakeln reichen bis zum Ende
des Bootes. Ich wollte es schon mal
versuchen, aber die Tentakeln hätten mich

fast erwischt." „Die Quallen..." murmelte Bill leise. „Die Geister der Tiefe. Sie besitzen eine unglaubliche Kraft. Ich konnte meine Frau nicht halten." „Wir haben Maggie mit zwei Mann und viel Mühe von den Quallen wegholen können. Ich habe ihre Kraft gespürt. Und ohne Homer hätten sie Mag auch am Strand nicht losgelassen." „Homer? Euer Hund? Was hat der damit zu tun?"

Mike legte Bill die Hand auf die Schulter. „Lass uns an Bord gehen. Ich koche uns einen Kaffee und erzähle dir von ihm." Und das taten sie dann auch.

Langsam wurde auch die Familie wach und setzte sich zu ihnen. Bill bemühte sich um eine lockere Stimmung, und endlich war während des Frühstücks mal wieder ein ganz normales Gespräch möglich. Jens ließ es sich nicht nehmen, über das Frühstück zu meckern. „So viel Obst wie hier habe ich noch nie gegessen. Ich hätte mal Bock auf `ne schöne Pizza oder so." „Zum Frühstück? Ich sag´s doch: du spinnst," lästerte Susi.

Nur Mike war ziemlich abwesend. Lea sprach ihn an: „Mike, was ist los mit dir?

Du bekommst ja überhaupt nichts mit."
Mike lächelte sie an. „Es ist alles gut,
Schatz. Ich war nur in Gedanken." „Dad,
hast du schon das Tagebuch von
Großvater gelesen?" wollte Susi wissen.
„Noch nicht ganz. Aber ich bin dabei,"
antwortete Mike.

„Mike, ich würde heute gern noch mal an
die andere Seite gehen. Vielleicht ist dort
irgend etwas angeschwemmt worden, was
wir gebrauchen können. Kommst du mit?"
Mike nickte Bill zu. „Ja, klar." „Und ich
hätte Lust zum Baden," meinte Susi.
Jason lachte. „Etwa hier im Meer?" Susi
steckte ihm die Zunge raus. „Ne, du
Blödmann, ganz bestimmt nicht. Aber Dad
hatte doch einen See gefunden. Das
müsste doch gehen."

Fragend sah sie ihren Vater an. Mike
nickte. „Gut, aber nicht alleine und nehmt
Homer mit. Sicher ist sicher." „Solltet nicht
lieber ihr Homer mitnehmen?" fragte Jens
vorsichtig. „Ich denke, das ist nicht nötig.
Wir kennen ja jetzt die Gefahren. Da
werden wir schon aufpassen. Nur den
See, den kennt noch keiner von uns. Also
seid vorsichtig, okay?"

Mike und Bill machten sich auf den Weg. „Was versprichst du dir davon?" fragte Mike. Bill überlegte. „Ich weiß selbst nicht so recht. Aber gestern ... die Leuchtfeuer, vielleicht ist hier wieder ein Boot gestrandet. Oder es gibt irgendwelche Wrackteile, die uns helfen können hier weg zu kommen."

Sie traten unter den Bäumen hervor. Vor ihnen lag der lange verlockende Sandstrand. Auf dem ersten Blick gab es hier nichts zu sehen. Dennoch wollten sie ihn sich genauer ansehen. Sie gingen nebeneinander den Strand entlang und schauten sich nach allen Seiten um. Plötzlich entdeckten sie am Wasser ein Wrackteil. Sie gingen hin und holten es mit aller Vorsicht weiter an Land. Es war ein Stück altes Holz mit einem eingebrannten Namen.

Mike nahm es hoch, um den Namen lesen zu können. „Paloma." Er erbleichte und ließ das Holz fallen. Besorgt sah Bill ihn an. „Mike, was ist los?" Mike sah auf das Meer hinaus, dann antwortete er leise: „Neben dem Namen ist ein Symbol eingebrannt. Kannst du das sehen?" Bill besah sich das Brett genauer. Auch er las den Namen „Paloma", und entdeckte daneben zwei ineinander verflochtene Kreise mit den Buchstaben K und J, die wiederum mit einer Ranke verbunden waren.

Fragend sah er Mike an. Leise beantwortete der die unausgesprochene Frage von Bill. „Als meine Eltern heirateten, bekamen sie von seinen Eltern ein großes Segelschiff geschenkt. Meine Großeltern väterlicherseits haben ihren Sohn mit der Seefahrt immer unterstützt. Als Zeichen seiner Liebe zu meiner Mutter nannte er das Schiff „Paloma – Taube". So hatte er auch immer meine Mutter genannt. Und für die ewige Verbindung zu meiner Mutter und zur See ließ er neben dem Namen diese Ringe mit ihren verbundenen Initialen einbrennen. Karin und Josef. Das hier ist ein Teil seines Schiffes, mit dem er verschollen ist."

Mike schwieg. Tränen standen in seinen Augen. Vorsichtig legte Bill ihm die Hand auf die Schulter. Er spürte, hier war jedes Wort zu viel. „Lass uns zurück gehen," meinte er nur. Doch Mike schüttelte energisch den Kopf. „Nein, wir müssen endlich herausfinden, was wir tun können, um hier weg zu kommen." So setzten sie ihren Weg fort, doch das gefundene Wrackteil nahmen sie mit.

Aber es war wie immer nichts zu finden. Müde gingen sie zurück zur Yacht. Dort wurden sie bereits von den Anderen erwartet. „Dad, sieh mal, was wir am See gefunden haben." Jens hielt ihm eine goldene Kette hin, ein Medaillon verziert mit einem Kreuz. Die beiden Männer öffneten das Medaillon. Sie sahen auf der einen Seite das verblasste Foto einer Frau, und auf der anderen Seite das Foto von drei jungen Männern.

Mike stutzte, und besah sich das Foto genauer. „Hm, ich könnte wetten, der eine junge Mann davon ist Gianno. Diese Augen sind mir bei ihm sofort aufgefallen." Lea nahm ihm die Kette aus der Hand. „Du könntest recht haben," meinte sie dann. „Wir sollten das aufbewahren, und Gianno auf unserer Rückreise zeigen." Mike und Bill sahen sich bei diesen Worten nur schweigend an.

„Dad, was habt ihr denn da mitgebracht?

Glaubst du, es gibt hier nicht genug Feuerholz?" fragte Susi ihren Vater. Mike hob das Wrackteil hoch. Dabei sah er Lea an, die in seinen Augen lesen konnte. Sie nahm ihm das Brett aus der Hand und sah es sich an. „Paloma," las sie leise. Sie fuhr mit den Fingern über die Schrift. „K – J". Sie erschrak. Fragend sah sie ihren Mann an, der nur leicht nickte. Dann stand er auf und ging wortlos nach unten. Verdutzt sahen die Kinder ihm hinterher. „Was ist denn mit Mike los?" fragte Maggie.

Lea legte das Brett auf den Tisch. Ihre Hand streichelte unbewusst die eingebrannte Schrift. Dann fing sie an, den Kindern die Geschichte von deren Großeltern und ihrer tiefen Liebe zueinander zu erzählen. Und von dem geschenkten Segelschiff, der Paloma. Als sie mit Erzählen fertig war, gab es nur schweigen um sie herum. Die Kinder sahen wie hypnotisiert auf das Brett. Sie konnten das alles irgendwie nicht glauben.

Jason war der Erste, der das Schweigen brach. „Lea, soll das heißen, dass Mike´s Vater hier verschollen ist?" Lea sah ihn an. „Keiner weiß, wo er verschwand. Also, warum nicht hier? Wie sollte diese Planke sonst hierher gekommen sein?" Tränen standen in ihren Augen. Sie wusste genau, wie sehr Mike unter dem Verlust seines Vaters gelitten hat. Es hatte sehr lange gedauert, bis er halbwegs damit leben konnte. Sollte jetzt wieder alles von vorn los gehen?

Bill legte ihr die Hand auf den Arm. „Lea, du solltest Mike jetzt nicht allein lassen. Geh zu ihm, bitte." Lea nickte, stand auf und verließ den Raum. Bill sah die Kids an. „Vielleicht sollten wir alle heute mal früher ausruhen," meinte er leise zu ihnen. „Ich glaube nicht, dass Mike sich heute noch mal sehen lässt." Die Vier verabschiedeten sich von ihm und gingen in ihre Kabinen.

Bill blieb sitzen, Seine Gedanken drehten sich im Kreis. Würde Mike jetzt aufgeben? Ohne ihn käme hier keiner wieder weg. Er hatte längst bemerkt, dass Mike eine starke Führungspersönlichkeit war, und ein großes Wissen über die Seefahrt hatte. An ihm ist ein guter Kapitän verloren gegangen. Wie konnte ausgerechnet er, der Fremde, ihm helfen? Er stand auf und ging an Deck.

Kurze Zeit später hörte er leise Schritte. Als er sich umdrehte, sah er die Jungs hinter sich. „Wir brauchen noch etwas frische Luft," sagte Jens entschuldigend. Bill lachte: „Jungs, ihr braucht bei mir keine Ausrede. Ich kann euch doch hier keine Vorschriften machen." Sie setzten sich auf die Stühle an Deck, als plötzlich Lea mit mehreren Bechern und einer großen Kanne Tee auftauchte. „Mike ist eingeschlafen," erklärte sie, während sie den Tee einschenkte. „Und ich hörte die Jungs hoch gehen. Darf ich euch Gesellschaft leisten?" Bill lächelte sie an. „Du immer." Lea setzt sich neben ihm.

„Wie geht es jetzt weiter, Bill?" fragte ihn Jason direkt. Bill sah ihn an. „Was meinst du?" „Na, ich meine, wenn Mike jetzt aufgibt wegen seinem Vater, was dann?" Nachdenklich sah Bill zu Lea. „Gibt er auf?" Sie sah ihm in die Augen und sagte fest: „Nein, tut er nicht. Hier geht es um seine Familie und um einen Freund. Mike wird uns nicht in Stich lassen. Aber er braucht unsere Hilfe. Und am meisten deine, Bill. Er vertraut dir als Freund, und das ist bei Mike etwas sehr wertvolles."

Sie stand auf, ging an die Reling und sah auf das Meer. Dann drehte sie sich um und beschloss. „Morgen, wenn es hell ist, gehen wir zum See. Vielleicht finden wir dort noch andere Hinweise versteckt, so wie das Medaillon. Wenn Menschen hier waren, müssen sie auch Spuren hinterlassen haben. Wir müssen einfach gründlicher suchen. Und Jason, du und Susi, ihr müsst für Essen sorgen. Unsere Vorräte werden langsam knapp, und Obst gibt es hier in Mengen. Sucht festes Obst, das auch ein paar Tage liegen kann. Und sorgt dafür, dass unser Wassertank immer voll ist. Nur zur Sicherheit."

Bill ging zu ihr. „Wir sollten dafür sorgen, dass Mike morgen an Bord bleibt," meinte er. „Ich gehe mit dir zum See, die Kids können sich um die Vorräte kümmern." Jason stöhnte auf. „Und das nennt sich Urlaub." Bill lachte. „Wenn wir hier weg kommen, spendiere ich euch allen gemeinsam mit mir zwei Wochen Erholungsurlaub. Ihr bekommt sogar eine Entschuldigung von mir, wenn ihr die braucht." Jens ging auf ihn zu und hielt ihm die Hand hin. „Versprochen?" fragte er. „Jens," ermahnte ihn Lea, doch Mike schlug ein und sagte nur: „Versprochen."

Dann umarmten ihn die Jungs und Bill wusste, er hatte neue Freunde gefunden.

Am nächsten Morgen war Lea sehr früh auf. Da ihre Vorräte knapp wurden, backte sie ein frisches Brot zum Frühstück. Dazu gab es frisch gemachte Marmelade. Der Duft war verführerisch und lockte die ganze Familie an den Tisch. „Hm…," machte Maggie. „jetzt weiß ich, warum wir nochmal Früchte sammeln sollen." Alle lachten. Nur Mike sah sie überrascht an. „Wie meinst du das?" Lea erklärte ihm, dass sie gestern Abend einen Arbeitsplan für heute erstellt hätten. Mike sah sie amüsiert an. „Und welche Arbeit habt ihr mir zugedacht?"

Lea wusste, jetzt käme es darauf an, wie sie Mike überzeugen konnten. Entschieden sagte sie zu ihm: „Du bleibst an Bord und hältst Wache. Außerdem bitten wir dich darum, das Tagebuch deines Vaters zu lesen. Er war hier, und vielleicht steht irgend etwas in dem Buch, was uns helfen kann." Sie sah dabei sehr wohl, dass Mike zusammen zuckte. Aber er nickte nur. „Einverstanden. Ihr habt ja recht."

Bald darauf machten sich die Sechs auf den Weg, während Mike sich das Tagebuch holte und es sich in einem Liegestuhl bequem machte. „Wie ungewohnt," dachte er bei sich. „Mal einen Tag ganz in Ruhe zu verbringen. Ohne Lauferei, ohne Verantwortung für die Anderen." Er schlug das Buch auf und begann zu lesen. Schon bald war er völlig darin versunken.

Mike merkte gar nicht, wie die Zeit verging. Die Kinder kamen zurück und brachten Wasserkanister und Körbe mit Früchten mit. Als sie sahen, wie vertieft er beim Lesen war, ließen sie ihn in Ruhe. Sie verstauten die Sachen und bereiteten dann zum Essen einen leichten Salat zu. Als auch Lea und Bill zurück und der Tisch gedeckt war, riefen sie Mike. Der zuckte zusammen und sah sie alle verblüfft an. „Was macht ihr denn schon wieder hier?" Bill lachte. „Mein lieber Mike, es ist bereits später Nachmittag. Komm, lass uns was essen."

Nach dem Essen fragte Lea ihren Mann: „Und, hast du schon was gefunden?" Mike zögerte. „Ich bin mir nicht sicher. An der Stelle, wo ich gerade unterbrochen wurde, begann Vaters letzte Reise." „Dad, hättest du nicht Lust, das laut vorzulesen?" fragte Jens. Mike sah auf das Buch. „Ja, warum eigentlich nicht." Sie räumten den Tisch ab und machten es sich bequem. Dann begann Mike laut zu lesen:

„27.Juli
Heute sind wir mit der Paloma ausgelaufen. Die Leute haben gut für ihre Urlaubsreise gezahlt. Wir sind ausgebucht. An Bord sind fünfzehn Gäste und acht Crewmitglieder und ich. In zwei Tagen wollen wir den Hafen Taras anlaufen." „Taras?" unterbrach ihn Jason. „Das war doch dort, wo uns Bürgermeister Miros angesprochen hat." Mike nickte und las weiter.

„29.Juli
Wir liegen in Taras. Das Wetter spielt mit, viel Sonne und blauer Himmel. Unsere Gäste sind bisher sehr zufrieden. Hoffen

wir, dass sie es auch bleiben.

30.Juli
Wir haben unsere Vorräte an Bord aufgefüllt. Seit einer Stunde sind wir wieder auf See. Den nächsten Hafen laufen wir erst wieder in drei Tagen an. Solange bieten wir den Gästen ein Freizeitprogramm an Bord. Es gibt einige von ihnen, die gern mal an Bord helfen wollen. Andere wiederum möchten Angeln. Nun, wir sind auf einiges vorbereitet. Schließlich fahren wir nicht zum ersten Mal mit Gästen.

31.Juli
Der Tag gestern hat den Gästen so gut gefallen, dass wir alle zusammen gestern Abend gefeiert haben.Zum Glück weiß meine Mannschaft sich zu benehmen. Aber es war sehr lustig. Im Bett habe ich an meine Familie denken müssen. An meine Frau Karin, die wieder einmal allein ist, an meinen Sohn Mike mit seiner Frau und seinen kleinen Kindern. Vielleicht sind die beiden Kleinen ja eines Tages genau so vom Meer angetan wie ihr Vater und Großvater. Es wäre doch das Schönste für einen Opa, seinen Enkeln alles zur

Seefahrt beibringen zu können, so wie ich es schon bei ihrem Vater getan habe. Mike war richtig vernarrt in die Seefahrt, und ich ... ich bin wahnsinnig stolz auf ihn. Auf den bekannten Anwalt, der trotzdem immer noch Zeit aufbringt für seine Familie und sein Hobby. Eben mein Junge."

Mikes Stimme versagte. Er sah auf und irgendwo in die Ferne. In seinen Augen standen Tränen. Dann räusperte er sich und las weiter.

„01.August
Es ist Mittagszeit. Ich habe eine kurze Pause. Manchmal nutze ich sie, um zu schreiben oder zu lesen. Manche Gäste können ganz schön anstrengend sein. Ewig am Nörgeln, wahrscheinlich wissen sie nichts mit sich anzufangen. Ich werde gerade gerufen. Es heißt, das Wetter schlägt um. Da muss ich nach oben.

03.August
Es ist unglaublich. Ich bin total geschockt. Gestern um die Mittagszeit schlug das Wetter rapide um. Erst wurde es neblig, und dann so dunkel, dass man fast gar

nichts erkennen konnte. Die meisten Gäste waren unter Deck, weil es ihnen hier oben zu ungemütlich war. Ich stand am Steuer. Als ich den Ruf „Riffe voraus" hörte, war es bereits zu spät zum Stoppen. Wir haben gespürt, wie die Riffe unseren Bug aufrissen. Westlich sahen wir ein Leuchtfeuer und wo ein Leuchtfeuer ist, da ist auch Land. Wir drehten das Schiff und hofften, es noch bis dahin zu schaffen. Es schien nicht weit weg zu sein. Aber zwei Schiffslängen vor dem Land sank das Schiff so plötzlich, als würde es nach unten gezogen werden. Und dann brach es auseinander. Ich hörte die Schreie der Leute. Viele von ihnen versuchten, sich an Wrackteilen festhaltend das Ufer zu erreichen.

Ich weiß nicht, was dann passiert ist. Ich erinnere mich nur an die Schreie und die plötzliche Ruhe, die dann eintrat. Unter mir spürte ich Sand. Als ich einfach liegen blieb, merkte ich, dass sich etwas um meine Beine wickelte und versuchte, mich ins Meer zu ziehen. Mit meiner ganzen Kraft, die ich noch hatte, stemmte ich mich hoch und taumelte weiter vom Wasser weg. Als ich mich umdrehte sah ich so etwas wie merkwürdig lange Tentakeln, die schnell wieder im Wasser verschwanden. Dann wurde mir schwarz vor Augen.

Als ich wieder zu mir kam, machte ich mich auf, die Anderen zu suchen. Ich ging am Strand lang, wo sollten sie sonst sein. Nach einer Weile hatten wir uns dann zusammen gefunden. Ganze acht Mann sind hier. Wo ist der Rest? Sie können doch nicht alle ertrunken sein. Es wurde dunkel und wir beschlossen, am nächsten Tag alles nach den restlichen fünfzehn Leuten abzusuchen. Wir gingen vom Strand weg zu den Bäumen und legten uns dort schlafen.

Als ich heute Morgen erwachte, brannten meine Beine wie Feuer. Es waren auf ihnen lange rote Striemen zu sehen. Das können nur diese merkwürdigen Tentakeln gewesen sein. Doch wir haben nichts, um das zu behandeln. Wir teilten uns in vier Gruppen auf und machten uns auf die Suche nach was auch immer. Es war wahrscheinlich schon Nachmittag, als wir am Strand wieder zusammen trafen.

Aber es blieb bei uns Acht. Wir waren auf

einer Insel, und auf dieser Insel war sonst niemand. Von der Crew sind nur Jannick und ich geblieben, die anderen Sechs sind Passagiere, fünf Männer und eine Frau. Wir sind allein hier im Irgendwo. Wir wissen nicht, wo wir sind. Beim Hinsetzen spürte ich etwas Hartes in meiner Jackentasche. Als ich nach fühlte, hielt ich dieses Tagebuch in der Hand. Komisch, ich hatte gar nicht bemerkt, dass ich das in meine Jackentasche gesteckt habe. Zum Glück schlage ich es grundsätzlich in eine wasserfeste Plane ein. Wir haben eine ganze Menge frisches Obst gefunden, und eine Quelle mit Süßwasser. Zumindest hungern und dursten müssen wir hier nicht. Ich bin müde, ich werde etwas ausruhen.

05.August

Gestern haben wir noch einmal alles abgesucht, aber hier ist nichts, gar nichts. Jannick hat ein großes Wrackteil aus dem Wasser geholt und an Land gezogen. Wer weiß, vielleicht brauchen wir es noch. Unsere „Passagiere" sind ziemlich aufgelöst. Sie geben uns die Schuld. Meinen wohl, wir hätten das mit Absicht gemacht. Was die sich denken. Ich habe mein Schiff verloren, meine Crew und vielleicht auch bald mein Leben. Wie sollen wir denn hier wieder weg kommen?

Heute sind zwei von den Passagieren im Meer baden gegangen. Jo und Jo, wie wir sie nennen, Josefine und Jochen. Ich habe sie vor den Tentakeln warnen wollen, doch sie haben mich ausgelacht. Als sie im hüfthohen Wasser standen, schrien sie plötzlich auf. Wir mussten zusehen, wie sie immer wieder unter Wasser gezogen wurden, wie die Tentakeln sie immer mehr einwickelten. Als sie sich nicht mehr bewegen konnten, zogen die Tentakeln sie in die Tiefe. Wir haben gewartet, aber sie kamen nicht mehr hoch. Mein Gott, was sind das für Monster, die so etwas tun? Womit haben wir es hier zu tun?

Draußen auf dem Meer sehen wir noch ein paar große Wrackteile schwimmen, doch keiner von uns traut sich jetzt noch dorthin. Vielleicht kommen die Teile noch näher ans Ufer. Wir müssen abwarten. Schweigend ziehen wir uns vom Strand zurück zu den Bäumen, wo wir unser Lager aufgeschlagen haben. Wir alle sind wie in Trance. Keiner kann fassen, was da eben passiert ist. Wir schweigen. Keiner von uns hat wirklich Lust sich zu unterhalten. Ich sehe die Sterne. Es ist eigentlich wunderschön hier. Doch diese Schönheit ist trügerisch.

07.August

Gestern haben wir versucht, noch mehr Wrackteile zu finden, doch wir hatten kein Glück. Piet hat sich am anderen Ufer der Insel ins Wasser gewagt um etwas an Land zu ziehen. Doch auch dort waren wieder diese Tentakeln. Er hat sich mit unserer Hilfe befreien können, aber seine Haut sieht total verbrannt aus. Wir können ihm nicht helfen. Auch das eiskalte Wasser aus der Quelle bringt keine Erleichterung für ihn. Wir haben uns in den Schatten der Bäume zurück gezogen. Ratlos, und irgendwie auch hilflos.

Piet ist tot. Heute Morgen ist er nicht mehr aufgewacht. Ich denke, dass die Verbrennungen zu stark waren. Wir haben ihm am Strand ein Grab ausgehoben. Er ruhe in Frieden. Jetzt sind wir nur noch zu fünft. Martin ist kurz davor durchzudrehen. Aber keiner von uns hat noch die Kraft den Anderen zu helfen. Hugo meint, wenn die Tentakeln, oder, wie er es nennt, die Geister der Tiefe nicht wären, könnten wir versuchen, mit dem großen geborgenen Wrackteil von hier weg zu kommen. Aber so schaffen wir es nicht einmal tief genug ins Wasser.

08.August
Martin hat sich ins Meer begeben. Er hat sich nicht einmal gewehrt, als die Tentakeln ihn einwickelten. Er wollte nicht mehr. Aber zum ersten Mal haben wir gesehen, dass die Tentakeln zu riesigen Quallen gehören. „Geister der Tiefe". Irgendwo habe ich schon mal darüber gelesen. Ich glaube, ich habe ein Buch darüber in meiner Bibliothek zu Hause. Vor kurzem hat die Erde gebebt. Nur ganz leicht, aber fühlbar.

09.August
Wieder hat die Erde gebebt. Einmal heute Morgen, und noch einmal heute Nachmittag. Und jedes Mal wird es stärker. Wir haben beschlossen, wenn es sein muss, auf dem großen Wrackteil Zuflucht zu suchen. Wir wissen, dass es schwimmt. Hoffen wir nur, dass es uns alle

trägt. Auch wenn es ziemlich eng darauf wird.

10.August

Von mal zu mal wird das Beben stärker. Wir haben Angst. Hugo und Albert, die beiden letzten „Passagiere", wollen Morgen noch einmal ans andere Ufer. Ich bin zwar der Meinung, wir sollten jetzt zusammen bleiben, aber sie wollen es trotzdem. Ich kann ihnen schließlich nicht befehlen. Dieses hier wird erst einmal mein letzter Eintrag sein. Ich habe mich entschlossen, das Tagebuch in seiner Plane auf den großen Planken zu befestigen. Es muss unbedingt zurück in unsere Welt, nur dann kann vor dieser Insel gewarnt werden. Ich werde wieder schreiben, wenn wir von hier weg sind."

Mike sah auf. Alle starrten ihn wie gebannt an. „Das war der letzte Eintrag von meinem Vater. Hier endet das Tagebuch." Er schlug das Buch zu und sah nachdenklich auf die Insel. Bill stieß ihn an. „Mike, es ist schon ziemlich spät. Lass uns eine Nacht darüber schlafen." Mike nickte ihm zu und nahm das Buch wieder in die Hand. Dann standen sie auf und gingen in ihre Kabinen. Für kurze Zeit hörte man noch überall leises Geflüster, doch schon sehr bald war Stille eingekehrt.

Es war schon hell, als Mike erwachte. Lea schlief noch. Leise stand er auf und ging an Deck. Oben hatte Bill bereits eine Kanne frischen Kaffee stehen. Mike nickte ihm zu und nahm sich einen Becher Kaffee. Dann setzte er sich zu Bill. Der sprach ihn an. „Mike, ich habe über das nachgedacht, was du gestern vorgelesen hast. Es könnte für uns sehr hilfreich sein. Wir beide sollten uns die Yacht nachher einmal gründlich ansehen. Sie ist das Einzige, was uns hier wegbringen kann." Mike nickte zustimmend. „Ja, sie darf auf keinen Fall Leck schlagen. Wir haben zwar kein Riff berührt, aber Kontrolle ist sicherer."

Mike überlegte. Fragend sah Bill zu ihm hin. „Hast du uns was verschwiegen?" „Nicht direkt. Aber ich habe letzte Nacht im Bett entdeckt, dass noch etwas im Tagebuch steht. Viel weiter hinten, deshalb ist mir das nicht gleich aufgefallen." „Hast du es gelesen?" „Nein, ich wollte kein Licht machen. Lea hat schon lange nicht mehr so ruhig geschlafen. Wir sollten das nachher wieder gemeinsam lesen. Was meinst du?" Bill stimmte ihm zu.

Als sie ihren Kaffee aus hatten, machten sie sich auf Bootsinspektion. Sie gingen so nah ans Wasser, wie es gefahrlos möglich war. Immer ein Auge auf das Meer gerichtet. Die Yacht war in tadellosem Zustand. Auch wenn es ihnen immer noch ein Rätsel war, warum sie nicht kippt. Zurück an Bord waren auch die Anderen schon auf.

Mike erzählte ihnen von seiner Entdeckung im Tagebuch. Nach dem Frühstück wollte er ihnen das vorlesen. Als das Frühstück auf dem Tisch stand, fingen Jens und Jason an zu stöhnen. „Nicht schon wieder Obst. Wir haben schon einen Vitaminschock erhalten. Wollt ihr uns umbringen?" Lea sah sie seelenruhig an und antwortete lächelnd: „Wie wäre es denn zur Abwechslung mal mit einer leckeren Pizza? Schön dick belegt mit Schinken und Pilzen?" Die Jungs freuten sich: „Mum, du bist die

Beste."

„Moment," Lea unterbrach die Beiden in ihrer Freude. „Ich habe nicht gesagt, dass ihr sie bekommt. Wenn ihr Pizza wollt, müsst ihr wohl erst einmal solange mit Obst vorlieb nehmen, bis wir wieder in einem Hafen anlegen. Ich wünsche euch einen guten Appetit." Mike und Bill grinsten Lea an, die sich mit Hingabe ihrem Obst widmete, und ihnen lächelnd eine Grimasse zog. Die Jungs sahen sich verblüfft an, sagten aber lieber nichts.

Mike fragte Lea: „Wie sieht es denn mit unseren Vorräten aus?" Lea ließ sich Zeit mit der Antwort. „Wir haben noch etwas Schinken und Salami. Und ich kann noch ein paar Brote backen. Aus dem Obst kann ich Marmelade oder Mus kochen. Zucker ist knapp, aber das Obst ist zum Glück süß genug. Salz ist auch nicht mehr viel da. Ich spare schon, wo ich kann, aber insgesamt gesehen reicht es nur noch für fünf vielleicht sechs Tage. Dann haben wir nur noch das Obst auf der Insel." „Nun, auch davon kann man satt werden," meinte Bill. Die Jungs stöhnten leise.

Mike holte das Tagebuch, während die Mädchen den Tisch abräumten. Dann fing er wieder an, laut daraus vorzulesen.

„12.August
Ich heiße Jannick und schreibe diese Zeilen im Auftrag des Kapitäns. Gestern, der 11. August, war ein furchtbarer Tag. Hugo und Albert sind entgegen der Meinung des Kapitäns an das andere Ufer gegangen. Sie waren schon eine ganze Weile weg, als die Erde wieder anfing zu beben. Aber diesmal hörte es nicht auf, sondern wurde immer stärker. Der Kapitän befahl mir, auf den Planken die Stellung zu halten. Er würde die anderen Beiden holen gehen.

Kaum war er weg, fing die Insel an zu sinken. Ganz langsam fing das an. Ich rief immer wieder nach dem Kapitän, aber er schien mich nicht zu hören. Und dann kam das Wasser. Es fing an zu steigen. Ich konnte den Inselrand erkennen. Es sah aus, als würden dort Millionen von Riesenquallen mit ihren Tentakeln am Rand hängen und die Insel langsam in die Tiefe drücken.

Dann sah ich den Kapitän. Er kam aus

dem Wald, die anderen Beiden folgten ihm. Sie blieben am Waldrand stehen, sahen, dass das Wasser schon einen großen Teil vom Strand überspült hatte, drehten sich um und liefen in den Wald hinein. Ich hörte, wie der Kapitän ihnen nachrief. Doch es half nichts. Ich schrie dem Kapitän zu, er solle sich beeilen. Die Insel sank jetzt immer schneller. Es war nicht mehr viel Strand zu sehen. Und meine Planken lagen nicht mehr fest, sondern schwammen bereits leicht. Der Kapitän lief auf mich zu.

Was dann passiert ist, kommt mir vor wie ein Traum. Das Wasser am Strand war plötzlich hüfthoch. Der Kapitän war nur noch ungefähr fünf Meter von mir entfernt, da kamen die Tentakeln aus dem Wasser und wickelten ihn ein. Ich sah, wie der Kapitän mit aller Kraft gegen angekämpft hat. Doch es waren zu viele. Mehr und mehr Tentakeln wickelten sich um ihn. Der Kapitän warf mir einen letzten Blick zu, dann war er verschwunden. Einfach so.

Meine Planken trieben hinaus auf das Meer. Ich sah zu der Insel, sah die Bewegung der Riesenquallen, die jetzt nicht nur am Inselrand, sondern überall auf der Insel waren. Es sah aus, wie eine dicke Schicht, die sich auf die Insel gelegt hat. Und plötzlich war die Insel weg. Es gab kein Geräusch, nicht einmal eine größere Wellenbewegung. Sie war einfach weg, und mit ihr diese Geister der Tiefe.

Ich treibe auf diesem Wrackteil im Meer. Von der Insel ist nichts übrig, nicht einmal die Riffe sind noch da. Das Meer ist so frei und leer, wie es sein sollte. Ich habe die Hoffnung, dass man mich hier bald findet. Denn Ich habe weder Wasser noch Nahrung bei mir. Wir hatten nichts, worin wir das hätten mitnehmen können. Und ich muss zurück nach Hause. Ich habe dem Kapitän versprochen, das Tagebuch und den Brief, den er dem Buch beigelegt hat, zu seiner Familie zu bringen. Sie müssen mich finden.

Ich bete zu Gott. Ich bitte ihn um Hilfe, denn ich habe Angst. Bitte, Gott, schicke mir jemanden vorbei, der mich aus dieser Lage befreit."

Mike blätterte ein paar Seiten um. „Ab hier wird die Schrift immer unleserlicher. Und er hat immer nur noch den einen Satz geschrieben: „Bitte, Gott, hilf mir."

Mike schlug das Buch zu. Einen Moment sah er es nur an. Dann blickte er hoch zu den Anderen und meinte leise: „Sie haben Jannick am 24. August gefunden. Er trieb noch mit seinem Wrackteil auf dem Meer. Er war mit Sicherheit schon eine ganze Weile tot, als sie ihn von den Planken bargen. Aber das Tagebuch lag noch immer in seinen Händen. Er hat es festgehalten wie einen Schatz. Trotz allem hat er sein Versprechen, das er meinem Vater gegeben hat, eingehalten. Das Tagebuch und der Brief haben ihren Weg zu uns gefunden."

Tränen glänzten in Mikes Augen, doch er sah sie alle der Reihe nach an. Dann legte er seine Hand auf das Buch und meinte: „Das hier zeigt uns, wie wir uns schützen und retten können. Wir müssen nur durchhalten."

Einige Minuten war nur Schweigen, dann meinte Jason fragend: „Du meinst, wir müssen unserer Vorräte immer aufgefüllt halten?" Mike nickte. „Zum Beispiel. Bill und ich haben uns die Yacht schon genauer angesehen. Sie scheint vollkommen in Ordnung zu sein. Wir können jetzt nicht wagen, den Motor zu starten. Nicht, solange wir völlig auf dem Trockenen sind." Bill unterbrach ihn. „Wir wissen auch gar nicht, wie diese Quallen reagieren würden, wenn wir plötzlich den Motor anschmeißen. Das Risiko ist zu groß. Wir müssen damit warten."

Wieder nickte Mike. „Wichtig ist, dass keiner von uns sich weit von der Yacht entfernt. Wenn das Beben anfängt, muss jeder die Möglichkeit haben, sofort an Bord zu gehen. Nur hier haben wir eine echte Chance." Bill sah ihn an: „Mike, ich würde gern noch einmal an das andere Ufer gehen. Ich möchte Abschied nehmen." Mike überlegte kurz. „Ich werde dich begleiten. Bisher hat die Erde noch nicht gebebt. Ich denke, wir können das noch wagen." „Und wir gehen noch mal los, unsere Vorräte auffüllen," sagte Lea. „Selbst wenn wir hier runter kommen, wissen wir nicht, ob der Motor anspringt, oder ob wir vielleicht genauso lange führerlos treiben müssen wie Jannick."

Bill sah, wie die Mädchen zusammen zuckten und bleich wurden. Beruhigend meinte er: „Wenn wir genügend Vorräte haben, kann uns nichts passieren. Diese Route ist in den letzten Jahren eine viel befahrene Schiffsroute geworden. Es wird nicht lange dauern, bis uns dann jemand findet."

Er nickte Mike zu. „Gehen wir?" „Ja, lass uns aufbrechen." Die Beiden machten sich auf an das andere Ufer der Insel. Während Lea an Bord blieb, um Platz für Wasser und Nahrung zu schaffen, machten sich die Kinder auf, um soviel Vorräte wie möglich an Bord zu bringen.

So verging dieser Tag wie im Fluge. Es dämmerte bereits, als sie alle wieder zusammen trafen, gemeinsam an Deck den Tisch für ihr Abendessen deckten, und den Abend ruhig ausklingen ließen.

Zwischendurch sprach Mike Jens an. „Sohnemann, ich habe seit einigen Tagen das Gefühl,dass du irgend etwas auf dem Herzen hast." Jens seufzte. „Dir kann man aber auch gar nichts vormachen." Sein Vater grinste. „Dad," er zögerte leicht. „Dad, ich habe meine Kamera mit. Aber sie scheint kaputt zu sein." „Wieso?" „Naja, ich habe ein paar Aufnahmen von diesen fürchterlichen Quallententakeln gemacht und von den Leuchtfeuern. Ich dachte, dann hätten wir wenigstens einen Beweis. So würde uns das doch niemand glauben." „Und?" „Naja, es ist auf den Bildern nichts zu sehen außer Wasser oder Strand. Keine Tentakeln und keine Feuer."

Mike sah ihn überrascht an. Bill fragte Jens. „Hast du die Kamera hier?" „Ja, unten." „Würdest du sie bitte holen?" „Ja, klar." Jens stand auf und ging nach unten.

„Mike, glaubst du an Paranormales?" Mike schüttelte den Kopf. „Ich eigentlich auch nicht, aber … ." Jens gab Bill die Kamera. „Wow," entfuhr es dem. „Nicht gerade die Billigste." „Ne, bestimmt nicht," antwortete Jens. „Fotografie ist mein Hobby." Bill hob die Kamera, visierte die Mädchen an, rief kurz „Bitte lächeln," und fotografierte drauf los. Einmal, Zweimal, Dreimal. Dann sah er sich auf dem Monitor die Bilder an. Mike schaute ihm über die Schulter. „Hm, einwandfreie Bilder."

„Was? Das kann doch gar nicht sein. Ich bin doch nicht blöd," protestierte Jens. „Ganz ruhig," meinte Bill. „Du bist nicht zu blöd zum Fotografieren. Ich habe da einen anderen Verdacht." „Verrätst du uns welchen?" fragte Jason. Bill schüttelte den Kopf. „Noch nicht." Er sah zum Strand. „Es ist dunkel. Eigentlich müssten gleich die Leuchtfeuer erscheinen."

Er stand auf und ging an die Reling. Von dort visierte er den Strand an, knipste ein paar Probeaufnahmen mit der Kamera und drehte sich dann zu Mike um. „Was siehst du für Bilder?" fragte er ihn. Mike sah sich die Bilder an. „Hm, einfach einen Strand." Die Anderen, die sich zu ihnen gesellt hatten, nickten. „Stimmt," bestätigte Bill. Mike sah ihn verwirrt an, doch Bill blickte schon wieder konzentriert zum Strand.

„Da," rief Lea und deutete nach links hinüber. Ganz deutlich sahen sie dort ein großes Feuer. Maggie schaute nach rechts. „Und da auch." Sie deutete auf einen Lichtschein, der aussah wie künstliches Licht. Bill machte mehrere Aufnahmen von den Leuchtfeuern. Sie alle konnten über den Monitor die von Bill anvisierten Stellen sehen. Jens tippte ihn an. „Darf ich auch noch mal?"

Bill gab ihm die Kamera. Und während Jens knipste, beobachtete er ganz genau den kleinen Bildschirm. Dann deutete er Jens, den Feuerschein vom anderen Inselufer zu fotografieren. Auch von dort machte Jens mehrere Aufnahmen. Endlich ließ er die Kamera sinken und sah Bill an.

Bill nahm sie ihm aus der Hand. „Wir brauchen etwas Licht," meinte er und ging zu ihrer Sitzecke. Sie entzündeten einige Laternen. Bill nahm die Kamera, legte sie auf den Tisch und fragte: „Lea, kennst du dich damit aus?" Lea nickte. Bill drückte ihr die Kamera in die Hand und bat sie, sich die Bilder anzusehen und dann die Kamera schweigend an den Nächsten zu geben. Und so taten sie es, bis jeder von ihnen die eben gemachten Bilder gesehen hatte. Lea war blass geworden. Mike hielt ihre Hand.

Bill sah sie alle nacheinander an und fragte dann: „Ihr habt doch gesehen, was wir fotografiert haben, oder? Ihr habt auch während dessen auf dem Monitor, die Feuer gesehen?" Alle nickten. „Was habt ihr jetzt auf den Fotos gesehen?" Nach kurzem Schweigen antwortete Jason total verwirrt: „Den Strand und die Bäume, aber …wo ist das Feuer? Wieso sieht man das nicht?" Bill wandte sich an Mike. „Glaubst du jetzt an Paranormales?"

„Das gibt es doch gar nicht," meinte der leise, klang aber nicht sehr überzeugend. Die Kinder schauten zu Bill. „Willst du damit sagen, dass es das Feuer gar nicht wirklich gibt?" fragte Maggie. Er nickte. „Aber wir haben es doch alle gesehen." Susis Stimme klang verzweifelt. Wieder nickte Bill. „Ja, das haben wir. Und es ist auch nicht nur unser Geist, der sich so etwas einbildet. Für uns existieren diese Feuer, und genauso auch die Quallen mit ihren Riesententakeln. Wir können sie sehen und leider auch spüren. Und dennoch gibt es all das nicht wirklich." Jens schüttelte irritiert den Kopf. „Bill, das verstehe ich nicht." Der legte ihm die Hand auf die Schulter, und ganz leise sagte er nur: „Ich auch nicht." Dann drehte er sich um, und ging zurück an die Reling.

Mike folgte ihm. Neben ihm stehend fragte er: „Geisterfeuer? Bill, davon habe ich nie gehört." Der drehte sich zu ihm. „Was ist das für ein Buch, von dem dein Vater schrieb?" Mike überlegte. „Ich weiß es nicht genau. Mein Vater hatte eine riesige Bibliothek in seinem Haus. Jetzt wohnen wir dort, aber … warte, ich kann mich erinnern, dass es ein Buch gab, das er immer besonders gut behütet hatte. Als ich ihn als Kind mal danach fragte, erzählte er mir, dass dieses Buch um verfluchte Inseln handelte. Er meinte, darin sei auch beschrieben, wie man diese Flüche lösen könnte. Ehrlich gesagt, habe ich das bisher immer für eine seiner Seemannsgeschichten gehalten. Er konnte verdammt gut Märchen erzählen." „Weißt du, wie das Buch heißt?" „Hm, warte mal. Ich glaube so ähnlich wie ‚Das Geheimnis der Insel der Leuchtfeuer'. Aber ich bin mir da nicht ganz sicher."

Bill riss die Augen weit auf. „Mike, hast du dieses Buch irgendwann mal gelesen?" Der schüttelte mit dem Kopf, „Nein, ich habe mich später nicht mehr dafür interessiert, und es dann vergessen." „Schade."

In Gedanken versunken standen sie nebeneinander, bis Lea kam und ihnen leise eine gute Nacht wünschte. Die beiden Männer gingen zurück an den Tisch, der mittlerweile völlig verlassen da stand. Sie hatten nicht bemerkt, dass es bereits mitten in der Nacht war. Doch zum Schlafen war ihnen nicht zumute. Mike holte den gut behüteten Cognac und goss sich und Bill davon ein. Dann fragte er: „Und wie soll es jetzt weiter gehen?" Bill sah ihn nachdenklich an. „Wie du schon gesagt hattest, Immer schön dicht beim Boot bleiben, damit wir es sofort erreichen können." Er überlegte kurz. „Mike, du wirst doch jetzt nicht aufgeben?" Mike schaute auf. Langsam, ganz langsam schüttelte er den Kopf. Nach minutenlangem Schweigen sagte er dann entschlossen. „Nein, niemals. Wir werden hier wegkommen. Und sei es nur der Kinder wegen." Die beiden Männer stellten ihre Gläser ab, standen auf, umarmten sich und schlossen in diesem Moment eine Freundschaft für's Leben.

Der nächste Morgen verlief schweigsamer als sonst. Kaum einer hatte Appetit auf Frühstück, so dass nur der Kaffee reichlich Zuspruch fand. Danach gingen die vier Kids mit Homer am Strand spazieren. Homer tollte herum, als wäre alles in Ordnung, und schon sehr bald hatte er mit seiner Lebendigkeit die trüben Gedanken der Vier weggewischt. Lachen war zu hören, als Mike, Bill und Lea sich an die Reling lehnten. Mike stieß vorsichtig Lea an: „Sieh dir mal unseren Sohn an. Zwischen ihm und Maggie scheint es, wie sagt man, gefunkt zu haben." Lea lachte. „Mein geliebter Mann, deine Beobachtungsgabe war auch schon mal besser. Zwischen den Beiden lief schon was, als wir hier gestrandet sind." Verblüfft sah Mike sie an, und neckend rief sie: „Willkommen im Jetzt, mein Herz." Sie gab ihm einen Kuss und verschwand mit einer Decke an den Strand.

Als die Kids mit Homer zurück kamen, gingen sie zu Lea und setzten sich zu ihr. Bill meinte leise zu Mike: „Eigentlich tut Lea genau das Richtige. Die Sonne genießen und sich nicht verrückt machen. Mike, wir können Nichts anderes tun als abzuwarten." Er drehte sich um und ging zu den Anderen hinüber.

Sie verbrachten alle die meiste Zeit des Tages am Strand, spielten mit Homer oder miteinander Ball. Lea und Mike holten zur

Mittagszeit einen gut gefüllten Picknickkorb. Jens stöhnte leise, als er den Inhalt sah. „Ich werde bald selbst noch zum Obstbaum, wenn das so weitergeht. Kann nicht mal einer den Pizza-Service anrufen?" Susi knuffte ihn am Arm, und auch Jason gab seinem Freund einen gespielten Kinnhaken. Bald war zwischen den Vieren eine große gespielte Prügelei zugange. Als Mike und Bill im Spaß versuchten, die Vier zu trennen, gingen die geschlossen auf die Beiden los. Am Ende lagen alle Sechs lachend auf dem warmen Sand.

Lea saß auf der Decke, besah sich das alles und meinte dann nur kopfschüttelnd zu sich: „Oh man, da denkt man, man hat seine Kinder endlich erwachsen, stattdessen sind die Großen wieder Kinder." Aber auch sie genoss die Ausgelassenheit. Es dämmerte schon, als sie zurück an Bord gingen. Der Abend war für sie alle nur kurz. Zu wenig Schlaf hatten sie in den letzten Nächten gehabt. So gingen sie schon sehr früh in ihre Kabinen, und bald war es ruhig an Bord.

Als Mike am nächsten Morgen an Deck

ging, sah er zum ersten Mal auf dieser Insel, dass die Sonne bedeckt war. Unruhig fragte er sich, ob das eine Bedeutung hatte. Doch er sagte nichts, er wollte seine Familie nicht noch mehr aufregen. Als sie nach einem leichten Frühstück noch alle bei einem Kaffee zusammensaßen, hörten sie plötzlich ein leises Grollen. Erschreckt sahen sie sich an. Was war das? Nach kurzer Zeit war es wieder vorbei. Ratlosigkeit stand in allen Gesichtern. „Das hörte sich an wie eine Brandung," meinte Jason dann. Doch er bekam keine Antwort.

In Mike keimte eine große Angst auf. Er sah Bill an und bemerkte, dass der die gleichen Gedanken hatte. War das Grollen vielleicht ein Zeichen für die kommenden Erdbeben? Die Ruhe, die jetzt herrschte, kam ihnen unheimlicher vor als sonst. Doch es passierte nichts. Langsam beruhigten sie sich wieder.

Auch die Sonne war plötzlich wieder hell und klar am Himmel. Mike atmete auf. „Noch nicht," sagte er sich in Gedanken. Noch nicht. Aber er spürte, der Tag war nicht mehr weit entfernt. Und dann? Dann lag es auch an ihnen, ob sie es schaffen würden, von dort weg zu kommen. Würden sie alle die Nerven bewahren, und in Ruhe die richtigen Dinge tun?

Mike fasste in seine Hosentasche. Dort berührte er das Tagebuch seines Vaters, das er seit dem Vorlesen immer bei sich trug. Und plötzlich fühlte er eine unglaubliche Ruhe und Gelassenheit in sich, wie er sie schon seit der Landung auf der Insel nicht mehr gespürt hatte. Ja, sie würden es schaffen, hier alle lebend und gesund abzulegen. Er sah zum Himmel, und zum ersten Mal seit dem Tod seines Vaters spürte er dessen Gegenwart und Stärke. Und obwohl Mike nie an Engel geglaubt hatte, wusste er jetzt, dass sein Vater ihr Schutzengel war, der sie alle in Sicherheit bringen würde.

„Dad," Susi tickte ihn an. „Dad, können wir noch mal zum See und ein wenig baden gehen?" Er nickte. „Ja, aber wenn irgendwas anders ist, kommt ihr sofort zurück." Jason sah ihn fragend an, doch Mike drehte sich um, und ging wortlos zu Bill. Der sah ihn kommen. Er hatte Mike die ganze Zeit beobachtet, konnte sich aber keinen Reim aus dessen Verhalten machen.

Mike stand Bill jetzt gegenüber. Leise meinte er zu ihm: „Wir können nichts anderes tun als abwarten." „Glaubst du, das vorhin hängt mit dem Beben zusammen?" fragte Bill ebenso leise. Mike nickte. „Der Anfang vom Ende hat begonnen. Jetzt müssen wir doppelt aufpassen." „Ich werde noch einmal unsere Vorräte überprüfen," meinte Bill, sich abwendend.

Mike stand mitten auf der Yacht. Er fühlte sich unsicher. Einfach nur abwarten war echt nicht sein Ding. Er bestimmte die Spielregeln lieber selbst.

Es war schon Nachmittag, als die Kinder gut gelaunt vom Baden wieder zurück waren. Jens nahm seinen Vater und Bill zur Seite. „Dad, irgendwas ist anders heute. Das Wasser im See war niedriger als sonst, und die kleinen Felsen daneben sahen irgendwie rissig aus. Ich wollte den Anderen nicht den Spaß verderben, aber mir kam das alles komisch vor." Bill sah ihn an. „Ihr solltet wohl lieber die nächsten Tage den See meiden," meinte er leise.

„Wer weiß, was das zu bedeuten hat."

Als sie alle beim Abendessen saßen, das zu Jens Leidwesen mal wieder aus Früchten und etwas Brot bestand, zog ein leichter Wind herauf. Lea bemerkte es zuerst. Trotz der sehr warmen Temperaturen fing sie an zu frösteln. Ihr war, als würde der Wind einen Hauch von Gefahr heran wehen. Und plötzlich hörten sie wieder dieses ferne Grollen. Aber diesmal klang es lauter, und es schien, als würde es näher kommen.

Erschrocken sahen die Kinder Mike und Bill an. Sie warteten darauf, dass Einer der Beiden irgendwas äußern würde, doch weder Mike noch Bill reagierten auf das Geräusch. Erst viel später, als es wieder ruhig war, und sie noch alle an Deck zusammen saßen, meinte Mike plötzlich: „Von jetzt an gibt es keine Spaziergänge mehr auf der Insel. Wir bleiben hier an Bord, und möglichst alle zusammen." Bill nickte zustimmend.

„Und was ist mit Homer?" fragte Susi. „Den übernehme ich," antwortete Bill schnell. „Alles, was von jetzt an außerhalb der Yacht gemacht werden muss, teilen Mike und ich uns auf. Ihr solltet die Yacht nicht mehr verlassen." Maggie sah auf. „Dann ist es jetzt also soweit?" „Was meinst du, Mag?" Mike war alarmiert. Furcht und Verzweiflung konnten sie jetzt nicht gebrauchen.

„Nun," Maggie zögerte. „War das Grollen das erste Anzeichen des Bebens? Geht die Insel bald mit uns unter?" Warnend sah Mike zu Bill. Der nickte verstehend. „Es ist möglich, dass das Grollen ein Vorzeichen ist, ja. Aber die Insel muss ohne uns untergehen, okay?" Mike versuchte, beruhigend zu klingen. Ganz langsam schlich sich ein leichtes Lächeln auf Maggies Lippen. „Okay," sagte sie nur. Sie hatte verstanden. Mike und Bill würden nicht zulassen, dass Einem von ihnen etwas passieren würde. Und sie vertraute ihnen.

Es war schon spät in der Nacht, als Lea sie alle ins Bett schickte. Das Grollen hatte wieder eingesetzt, doch Mikes Worte zu Maggie hatten die Angst der Anderen einfach weggeblasen. Sie vertrauten einander, und sie wussten automatisch, dass dieses Vertrauen jetzt am allerwichtigsten war. Müde schliefen sie ein. Mike und Bill wechselten sich in dieser Nacht mit der Wache ab. Sie waren sich einig, dass sie auf der Hut sein mussten. Homer blieb oben an Deck. Er erwies sich nicht zum ersten Mal als treuer Gefährte.

Blauer Himmel, eine hell scheinende Sonne und ein wild bellender Homer weckten Bill, der an Deck eingeschlafen war. Erschrocken über Homers Verhalten sah er auf. Homer stand am Heck und bellte wie wahnsinnig etwas an. Bill stand auf, ging nach hinten und sah gerade noch einige dünne, fast durchsichtige lange Tentakeln im Wasser verschwinden. Er beugte sich hinunter zu Homer, der nun wieder ruhig war, und lobte ihn.

Als er sich umdrehte, sah er Mike auf sich zukommen. „Was war los?" Bill klärte ihn auf. Nachdenklich meinte Mike: „Dann müssen wir jetzt doppelt aufpassen. Ich habe nicht damit gerechnet, dass diese ‚Geister der Tiefe' sich hier an Bord wagen würden." „Sagst du es den Anderen?" Mike zuckte nur mit der Schulter. „Besser wäre es," gab Bill zu verstehen. „ Auch sie müssen wissen, was sein kann, und worauf wir achten müssen." Er sah Mike in die Augen, der ganz langsam mit dem Kopf nickte. „Du hast ja recht. …. Also, gut. Sagen wir es ihnen." Gemeinsam gingen sie zu den Anderen, die mittlerweile schon mit dem Frühstück und dem frisch gekochten Kaffee auf sie warteten.

„Was hatte denn Homer für einen Krach gemacht? Kam er nicht schnell genug für sein Geschäft von Bord?" Leas Ton klang leicht amüsiert, als sie Bill ansah. Ganz Vorsichtig erzählte der ihnen, was er gesehen hatte. Entsetztes Schweigen war die Antwort. „Wie gut, dass Homer hier ist," sagte Lea leise und gab Homer gleich eine dicke Scheibe trockenes Brot. „Tut mir Leid, Homer. Du hast was Besseres verdient, aber damit können wir im Moment nicht dienen."

Die nächsten zwei Tage wurden die längsten Tage seit Urlaubsbeginn. Da sie die Yacht nicht verlassen sollten, und ihnen irgendwann der Gesprächsstoff ausging, fingen sie an Bücher zu lesen. Aber sie hatten nur Bücher, die zufällig mal an Bord gelandet waren, also kaum etwas, was sie eigentlich sonst lesen würden. Zwischendurch dösten sie immer mal wieder ein. Mike und Bill gingen abwechselnd mit Homer am Strand spazieren und sorgten dafür, dass wenigsten der sich richtig austoben konnte. Und während der ganzen Zeit ließ das Grollen ihnen keine Ruhe. Mittlerweile war dieses Geräusch ihr ständiger Begleiter. Und noch etwas hatte sich verändert. Die Leuchtfeuer waren intensiver geworden. Sie brannten länger als vorher, fingen oft noch im Hellen an zu leuchten, aber keiner von ihnen traute sich jetzt noch, die Feuer untersuchen zu wollen.

Am dritten Tage erwachten sie durch ein Zittern der Bootes. Mike sprang aus seinem Bett, und als er oben bei Bill eintraf, ging ein Beben durch die ganze Insel. Es klang, wie ein leiser Seufzer. Mike und Bill hielten sich an der Reling fest, als das Boot ein weiteres Mal erzitterte. Und dann war Ruhe. Es war eine unheimliche Ruhe. Nicht einmal das Wasser war zu hören, keine Welle, kein leises Plätschern. Es schien so, als wäre nie etwas gewesen. Mike atmete laut aus. „Was war das?" fragte Bill, sich an Mike wendend. Der sah auf die Insel und antwortete ganz leise: „Es ist soweit. Der Untergang beginnt."

Den ganzen Tag über machten sich immer wieder leichte Beben bemerkbar. Aber es kam nichts Starkes. An Bord war dieser Tag gut zu überstehen, nur Mike und Bill, die wie abgesprochen, ab und zu mit Homer am Strand waren, fühlten sich etwas unsicher, und versuchten immer, so schnell wie möglich an Bord zurück zu sein. Von den Geistern der Tiefe war nichts mehr zu sehen.

In der nächsten Nacht, kurz vor Sonnenaufgang, hielt Mike an Deck Wache, als Homer wieder mal verrückt spielte. Sofort lief er zu ihm. Dort sah er, wie einige Riesenquallen sich gerade wieder ins Wasser hinein fallen ließen und in der Tiefe verschwanden. Sofort war auch Homer wieder leise. Mit sanften Worten lobte ihn Mike und zusammen gingen sie wieder nach vorn. Sie wurden schon von Bill und Lea erwartet. Mit leisen Worten erzählte Mike, was er gesehen hatte. Bill sah ihn fragend an: „ Kann es sein, dass wir heute das große Beben erwarten dürfen?"

Mike nahm Lea in den Arm, die bei Bills Frage zusammen zuckte. Er sah ihr in die Augen und antwortete leise. „Ich weiß es nicht, aber ich denke …," er stockte kurz. „Nein, ich spüre, dass es soweit ist. Heute kommt es drauf an." Nach diesen Worten zog er Lea fest an sich, bis sie aufhörte zu zittern. Ganz leise und nur für sie bestimmt, murmelte er: „Vertrau mir, mein Liebes. Ich werde euch nicht enttäuschen."

Gemeinsam blieben sie an Deck und erwarteten den Sonnenaufgang. Die Kinder hatten das Gebell von Homer gehört und sind nur kurze Zeit später oben erschienen. Maggie setzte Kaffee auf, denn an weiteren Schlaf war jetzt nicht mehr zu denken. Sie waren sich schnell einig damit, dass keiner mehr das Boot verlassen sollte, denn Mike wurde sich immer sicherer: Heute ist der entscheidende Tag. Heute durfte ihnen kein Fehler unterlaufen, damit sie alle lebend davon kommen konnten.

In aller Ruhe tranken sie ihren Kaffee, was sollten sie auch sonst tun. Hunger hatte keiner von ihnen. Sie unterhielten sich so leise, als könnte allein eine laute Stimme das Beben herbei führen. Doch bis zum Mittag passierte gar nichts.

Kurz nach der Mittagszeit hörte Bill aus der Ferne ein leises aber beständiges Grollen. Auch den Anderen wurde dieses Grollen nach und nach bewusst. „Es geht los," murmelte Mike nach einer Weile. Und Tatsächlich: Das Grollen kam näher, allerdings wurde es nicht lauter. Und ganz plötzlich war es still. Und dann fing die Insel an zu erbeben. Die Yacht zitterte, erst leicht, dann etwas mehr. Doch merkwürdigerweise bestand in keinem Moment die Gefahr, dass sie kippen könnte. Ein Geheimnis, über das Mike sich im Stillen Gedanken machte. Aber jetzt hatte er keine Zeit, um genauer darüber nach zu denken.

Und dann ging alles so schnell, dass hinterher keiner so recht wusste, was zuerst war. Das Beben wurde stärker, und das Wasser kam. Und mit ihm die Geister der Tiefe. Überall waren plötzlich die

Tentakeln zu sehen. Er war, als würden sie mit aller Macht versuchen, die Yacht in die Tiefe zu ziehen. Homer war überall zu gleich. Laut bellend lief er von einer Seite zur anderen. Überall, wo er auftauchte, verschwanden die Tentakeln, um kurz darauf wieder zu erscheinen. Und dann, ohne Vorwarnung, sprang Homer über Bord und lief laut bellend am Strand umher. Die Quallen ließen das Boot los und richteten ihre Tentakeln Richtung Strand, als wollten sie Homer zum Schweigen bringen. Die Frauen waren wie erstarrt. Mike versuchte durch Rufen Homer wieder an Bord zu locken. Gehörte er doch zur Familie. „Ich geh ihn holen," rief Bill den Andern zu. Mike wollte ihn zurückhalten, doch er war nicht schnell genug, um Bill daran zu hindern, die Yacht zu verlassen.

Er sah über die Reling. Das Boot war bald frei. Das Wasser stieg. „Bill, zum Teufel, spute dich." Laut rief Mike zum Strand hinüber, denn inzwischen hatte das Grollen wieder eingesetzt, diesmal aber erheblich lauter. Dennoch schien Bill ihn gehört zu haben. Er griff sich Homer, nahm ihn unter den Arm und spurtete zur

Yacht. Kurz davor stoppte er. Das Wasser war da. Suchend sah er sich um. Es musste doch einen Weg geben, ohne dass er mit dem Wasser in Berührung kommen würde. Er war sich sicher, dass die Tentakeln da waren und nur auf ihn und Homer warteten. Bill spürte Angst, die gleiche Angst, die er damals hatte, als seine Frau in den Fluten verschwand. „Beeil dich, die Yacht fängt an zu treiben," spornte Mike ihn an.

Es gab keinen anderen Weg. Bill nahm all seinen Mut zusammen und lief los. Auf direktem Weg durch das Wasser zur Yacht. Er glaubte schon, es geschafft zu haben, doch in dem Moment, in dem er den Fuß auf die erste Stufe setzte, spürte er die Tentakeln an seinen Beinen. Und plötzlich gab es einen starken Ruck, und Homer wurde ihm aus dem Arm gerissen. Laut heulte Homer auf. Kurz wurde er durch die Luft gewirbelt und verschwand dann im Wasser.

Als Mike sah, dass Bill auf dem Tritt von den Tentakeln behindert wurde, griff er beherzt zu. Er versuchte Bill zu halten, doch die Kraft, die hinter diesen endlos langen Tentakeln steckte, war riesig. Jens und Jason sahen seine Not, kamen angelaufen und hielten Mike fest, der jetzt mit aller Kraft Bill an Deck zog. Und gemeinsam schafften sie es. Die Tentakeln gaben nach, und im gleichen Moment war Bill in Sicherheit.

Doch Mike war noch nicht zufrieden. Er sah auf das Wasser. Wo, zum Kuckuck, war Homer? Die Yacht schwankte. „Jens, sofort ans Steuer. Halt die Yacht gerade." Jens verstand. Er ließ das Steuer von nun an nicht mehr los. Während Lea sich Bills Verwundungen ansah, bemerkte Mike, dass Homer plötzlich zum Greifen nah seitlich der Yacht wieder auftauchte. Und er griff zu. Ohne zu überlegen, lehnte er sich über die Reling, ergriff Homer am Halsband und zog ihn hoch. Im gleichen Moment waren die Tentakeln wieder da. Sie umschlangen Mikes Arme und Hände.

Sofort war Bill bei ihm Er nahm ihm als erstes Homer aus der Hand, denn Mike hielt ihn mit aller Macht und letzter Kraft in die Höhe. Lea nahm ihm Homer ab. Währenddessen versuchten Bill und Jason, Mike irgendwie von den Tentakeln zu befreien, um ihn an Bord ziehen zu können. Doch ihre Kraft reichte nicht aus. Lea drückte Maggie den Hund in den Arm, winkte Susi und beide versuchten sie, den Männern zu helfen. Doch noch immer reichte ihre Kraft nicht aus. Sie spürten, wie Mike ihnen entglitt. Tränen rannen Lea über die Wangen. Sollte sie so ihren geliebten Mann verlieren?

Wie aus heiterem Himmel war Homer plötzlich neben ihnen. Laut bellend sprang er an der Reling hoch. Seine Stimme überschlug sich fast. Und dann geschah das Wunder. Bill spürte es als Erster. Die Kraft, gegen die sie angekämpft hatten, wurde schwächer. Er reagierte sofort und fing an, Mike langsam Stück für Stück zurück zu ziehen. Und dann fielen auch die letzten Tentakeln von Mike ab und er war frei.

Sie zogen ihn sofort an Bord zurück, wo er erschöpft zusammenbrach. Auch Bill schwankte leicht, doch dann riss er sich zusammen. „Lea, kümmere dich um Mike. Ich werde Jens mit der Yacht helfen." Homer legte sich neben Mike, stupste ihn leicht an. Der hob seine Hand und streichelte ihn. Er versuchte aufzustehen, doch Lea drückte ihn herunter. „Bleib liegen, ich muss mir erst deine Wunden ansehen." Während sie seine Verletzungen notdürftig verarzte, versuchten Bill und Jens, das Boot möglichst ruhig und von den noch sichtbaren Riffen fernzuhalten.

Nach einiger Zeit stand Mike auf und sah zur Insel. Die Anderen folgten seinem Blick. Von der Insel waren nur noch die Bäume zu sehen. Und Quallen. Überall, wo sonst Strand war, waren jetzt Riesenquallen. Es sah aus, als würden sie sich am Rand der Insel festhalten und sie in die Tiefe ziehen. Und auf der Insel waren die Quallen so dicht, dass man denken konnte, sie würden sie nach unten drücken. Auch die Leuchtfeuer waren zu sehen. Ungewöhnlich hell und unglaublich viele. Fast schien es, als würden sie zum Abschied noch einmal richtig erleuchten. Es war merkwürdig. Keiner der Bäume bewegte sich, kein Geräusch war zu hören, nicht einmal ein Geräusch vom Wasser oder Feuer. Es war still, absolut still.

Und ganz plötzlich war das Grollen wieder da. Doch diesmal war es so laut, dass alle überrascht zusammen zuckten. Mike drehte sich kurz weg, um auf das Meer und die Riffe zu sehen. Als er wieder zur Insel sah, war sie fort. Und keine Welle kräuselte das Wasser. Das Grollen hatte aufgehört, und um sie herum war Stille. Irritiert drehte Mike sich wieder zum Wasser. Sie mussten auf die Riffe achten. Dann sah er Bills verblüffte Mine, und es dauerte nur Sekunden, bis auch er und die Anderen es aufnahmen: Die Riffe waren verschwunden. Vor ihnen lag das ruhige weite Meer, so, als hätte es all das niemals gegeben.

„Unsere Instrumente funktionieren wieder, Dad." Wie aus der Ferne hörte er Jens´ Stimme. „Meine Uhr geht auch wieder," vernahm er nun auch Susi. Er schloss die Augen, und hörte nur noch den Schrei seiner Frau. Dann brach er bewusstlos zusammen.

Sofort war Bill bei ihm. „Jason, hilf mir, Mike in sein Bett zu legen. Lea, du musst versuchen, seine Brandwunden von den Quallen sauber zu halten. Ich weiß nicht, ob diese Tentakeln nicht irgendein Gift abgeben. Wir werden den nächsten Hafen anlaufen." Und was ist mit dir? Du bist auch verwundet," fragte Lea leise. Bill sah sie an, dann drückte er sie tröstend an sich. „Ich werde den Jungs oben die Richtung anweisen. Wenn du hier fertig bist, kannst du dir vielleicht noch mal meine Wunden ansehen. Aber mir geht es ganz gut. Ich hatte auch nicht so eine extreme Berührung mit diesen Dingern wie Mike. Immerhin hatte ich noch die Hosenbeine dazwischen." Lea nickte. „Wenn ich mit Mike fertig bin, komme ich zu dir. Wir brauchen dich jetzt, Bill." Damit drehte sie sich um und beugte sich zu ihrem Mann hinunter.

Nur fünfzehn Minuten später kam sie an Deck. Oben drehte sie sich langsam einmal um sich selbst und atmete tief durch. Jens beobachtete seine Mutter. Sie lächelte ihm leicht zu, und ging zu ihm hinüber. „Was ist mit Dad?" fragte Jens. „Ich kann nicht viel für ihn tun. Die Wunden sind sauber und versorgt. Jetzt können wir nur abwarten, was weiter passiert." „Mum." Susi warf sich weinend in ihre Arme. „Mum, Homer … er ist, er ist

..." Lea machte sich aus der Umarmung ihrer Tochter frei und ging hinüber zu Maggie, die weinend neben Homer kniete.

„Was ist los?" Fragte Lea sie. „Er rührt sich nicht mehr," antwortete Mag leise. Lea kniete neben Homer nieder und tastete ihn ab. „Susi, hol mir meine Tasche und die Salbe, die bei deinem Vater auf dem Tisch liegt." Susi lief los, und war kurz darauf mit allem zurück. Lea hörte Homer ab, dann lächelte sie. „Mag, ich brauche warmes Wasser, um seine Wunden vom Salz zu säubern. Holst du mir das?" „Heißt das ..." „Das er lebt, ja. Aber er ist schwer verletzt. Wir müssen uns um ihn kümmern." Mag drückte Lea einen Kuss auf die Wange und lief los, um Wasser zu holen.

„Wie schwer ist er verletzt?" Bill sprach leise. Lea sah ihn an. „Er hat ein paar schwere Brandwunden von den Tentakeln und ein gebrochenes Hinterbein. Aber nichts, was er nicht überleben kann." „Gott sei Dank." Lea stand auf und nahm Bills Hand in ihre. „Bill, du bist nicht schuld daran. Du hast nichts verkehrt gemacht." „Ich hätte nicht von Bord gehen dürfen."

„Das ist Unsinn. Ohne dich hätten wir Homer verloren."

„Ja, und mit mir hättet ihr fast auch noch Mike verloren." „Bill," Leas Stimme war laut und energisch geworden. „Hör jetzt auf. Du warst schließlich derjenige, der Mike nicht losgelassen hat. Er verdankt dir sein Leben. Ich würde sagen, ihr seid quitt. Und Schuld hat nur diese verfluchte Insel, nicht Mike, nicht du oder sonst irgendwer von uns. Nur die Insel, Bill." Sie drückte seine Hände und strich sanft über sein Gesicht. Langsam drangen Leas Worte auch in Bills Bewusstsein ein. Er nickte. Zuerst vorsichtig, dann sah er sie an. Und er wusste, keiner hier würde ihm Vorwürfe machen. Er hatte wirklich keine Schuld. Schließlich hatte er nur versucht, ein Familienmitglied zu retten.

Lea kniete sich wieder neben Homer, wusch seine Wunden aus, und versorgte ihn, so gut es eben ging. Sie schiente sein Bein, und legte ihn dann vorsichtig auf seinen Platz an Deck der Yacht.

Jens und Jason hatten mittlerweile mit Hilfe der Instrumente heraus gefunden, wo sie sich befanden. Anhand der Karte entdeckten sie eine Bucht, in der sie ankern könnten. Doch Lea schüttelte entschieden den Kopf. „Bloß nicht noch eine unbewohnte Insel. Nicht mal für eine Nacht. Davon hab ich erst mal genug." Bill lachte. „Also fahren wir durch bis Taras. Das wäre dann der erste Hafen hier." „Taras?" Jason überlegte. „Das ist doch der Hafen, in dem uns der Bürgermeister Miros angesprochen hatte." „Stimmt, und in der Stadt finden wir auch bestimmt einen Arzt für Mike und für Homer," bestätigte Lea. Das war also beschlossen. Lea ging unter Deck und legte sich neben ihren Mann. Kurz darauf war sie eingeschlafen.

Den Anderen erging es nicht anders. Zu anstrengend waren die letzten Stunden. Maggie setzte sich in einen Liegestuhl neben Homer, während Susi nach unten ging, um ihrer Mutter helfen zu können. Als sie sah, dass Lea eingeschlafen war, schloss sie leise die Tür, gab Bill kurz Bescheid und legte sich dann neben ihrer Freundin auf den Liegestuhl. Ihre Unterhaltung war nur kurz, denn die Müdigkeit war stärker. Jason löste Jens am Steuer ab, und gemeinsam sorgten sie dafür, dass auch Bill sich zur Ruhe begab. Als letzter Legte Jens sich auf eine Liege und war sofort eingeschlafen. Er würde die nächste Fahrt am Steuer übernehmen, und dafür wollte er fit sein. Und so war es Jason, der in dieser Nacht die Yacht in Richtung Taras lenkte, ohne Angst vor einer verfluchten Insel haben zu müssen.

Es war schon fast Mittag, als Mike wieder erwachte. Ihm war übel, und er hatte großen Durst. Aber sonst fühlte er sich stark genug zum Aufstehen. Leise zog er sich an, und ohne bemerkt zu werden, ging er an Deck. Er trat gerade in dem Moment zu den Anderen, als Lea davon sprach, dass sie dringend einen Tierarzt aufsuchen müssten.

„Einen Tierarzt? Aber hoffentlich nicht für mich," scherzte Mike, hinter ihr stehend. Lea zuckte zusammen, drehte sich um und fiel ihm mit einem Aufschrei um den Hals. „Du bist wach. Gott sei Dank." Er nahm sie in den Arm und drückte sie. „Warum sollte ich denn nicht wach sein?" fragte er. „Bill legte ihm die Hand auf die Schulter und meinte leise: „Wir wussten nicht, ob diese merkwürdigen Quallen nicht vielleicht irgendein Gift ausschütten. Und da du einfach umgefallen bist …"

Mike nickte nur nachdenklich, dann gab er sich einen Ruck und wollte wissen, was mit Homer sei. Lea erzählte ihm von den Verbrennungen, die die Tentakeln hinterlassen hatten und dem gebrochenen Bein, das er sich wohl geholt hatte, als er so abrupt aus Bills Arm gerissen wurde. „Moment mal," unterbrach Mike sie. „Das kann doch gar nicht sein. Homer kam doch hinterher noch angerannt und hat die Viecher vertrieben." Lea nickte. „Ja, das hat Homer wohl aus Liebe zu uns getan. Aber tatsächlich war sein Bein da bereits gebrochen." Mike kniete sich zu Homer nieder, strich ihm sanft über das Fell und sagte leise zu ihm: „Mein kleiner Freund, du bist wirklich etwas Besonderes. Dich geben wir ganz bestimmt nicht wieder her."

Als Mike sich erhob, schwankte er leicht. Bill hielt ihn fest und meinte zu Lea: „ Mike sollte etwas Essen. Und vor allem etwas Trinken." Sie gingen zum Tisch, der noch vom Frühstück gedeckt war, und leisteten Mike beim Essen Gesellschaft. Sie sprachen über alles Mögliche, sogar über die Schule, aber es fiel kein Wort über die Insel. Er merkte das wohl, und lachte in sich hinein.

Als er fertig war, sah er sie der Reihe nach an. Dann sprach er leise: „Wir können nicht so tun, als wäre das alles nicht geschehen. Die Insel war da. Und wir sind ihr in die Falle gegangen. Aber…, wir leben noch. Und wir sind ihr wieder entkommen. Uns geht es gut. Jetzt liegt es an uns, die anderen Seefahrer zu warnen, damit ihnen nicht das Gleiche passiert. Das wird nicht leicht, denn wir haben nicht einen Beweis für das alles." „Vielleicht doch," unterbrach ihn Jason. „Da waren die Tentakeln, die wir versucht haben, vom Boot fern zu halten. Ein paar von ihnen sind auf dem Boot gelandet, und wir konnten sie ihnen abschlagen. Wir haben sie auf Eis gelegt."

Mike sah Jason ruhig an. „Und du glaubst, sie sind noch da? Wie konntet ihr sie auf Eis legen, wenn wir sie nicht einmal fotografieren konnten?" Überrascht sprang Jason auf, lief zu der Eisbox und öffnete sie. Sie hörten ihn laut ausrufen: „Nein, das kann doch gar nicht sein. Ich habe sie doch selbst hier rein gepackt." Doch die Tentakeln waren fort. Er durchsuchte die ganze Box, aber sie blieben verschwunden. Verwirrt schloss er die Kiste, drehte sich zu den Anderen um, die ihm gefolgt waren und sah sie nur ratlos an. Bill fasste ihm an die Schulter: „Jason, diese Geister haben ihren Namen nicht umsonst bekommen. Du konntest alles sehen, solange sie in Massen bei uns waren. Aber sie sind fort. Unsichtbar wie Geister sind sie in die Tiefe zurück gekehrt. Und diese Stücke sind genauso unsichtbar. Wir müssen uns damit abfinden. So ist es nun mal."

Zurück an Deck löste Jason seinen Freund am Steuer ab. Der legte sich in eine Liege und war sofort eingeschlafen. Lea sah zu ihm hinunter. „Ich denke, dass ist das Einzige und Beste, was wir jetzt tun können. Uns richtig ausschlafen." Bill nickte. „Wir brauchen noch gut zwei Tage bis Taras. Bis dahin können wir uns erholen. Aber was machen wir, wenn wir angelegt haben? Schweigen? Für uns sicher das Beste. Dann gibt es Keinen, der uns nervt. Wenn wir hiervon erzählen, lassen die uns so schnell nicht in Ruhe."

Mike sah das inzwischen alles etwas gelassener. „Schauen wir einfach mal, was so passiert," meinte er nur. Und an Lea gewandt sagte er: „Wenn wir angelegt haben, möchte ich Gianno informieren. Schließlich hat er uns Homer untergeschoben. Und damit verdanken wir irgendwie auch ihm unser Leben." Der Rest des Tages lief so dahin. Sie unterhielten sich oder dösten vor sich hin. Zu viel war in der letzten Zeit geschehen, zu viel, was sie erst einmal verarbeiten mussten.

Während der Nacht übernahm Bill das Steuer. Mike setzte sich zu ihm. Nach einer Weile fragte er: „Hast du die Feuer gesehen bevor die Insel versank? Ich hatte für einen kurzen Moment das Gefühl, als würden sie uns verabschieden wollen." „Ja, als hätten sie zu uns gesprochen. Ich habe das Gefühl gehabt, sie hatten sich bei uns bedankt." Mike sah ihn an. „Ja, ich auch." Er versank in Gedanken, dann schüttelte er sich. „Wenn ich allein an all die Riesenquallen denke, die zuletzt zu sehen waren. Sie haben die Insel regelrecht nach unten gedrückt. Unheimlich."

„Mike, ich glaube, das war nicht einfach nur Glück, dass wir davon gekommen sind." „Was denn sonst?" „Ich weiß nicht recht. Vielleicht etwas wie … Bestimmung." Er sah Mike an und erwartete, ihn lachen zu sehen. Aber Mike lachte nicht. Er sah nachdenklich aus. „Vielleicht hast du sogar Recht," meinte er nur leise. Wieder schwiegen sie eine ganze Weile.

„Woran denkst du gerade, Mike?" wollte Bill wissen. Mike stand auf und ging an die Reling. „An meinen Vater," antwortete er leise. „Und an dieses Buch, das ich als Kind nicht lesen durfte. Ich bin mir nicht sicher, Bill, aber ich glaube, dass genau dieses Buch uns die Erklärung für all das Erlebte geben könnte." „In Taras gibt es eine sehr gut bestückte Bücherei," warf Bill ein. „Wenn wir angekommen sind, sollten wir Beide uns dort mal umsehen." Mike seufzte. „Zuerst werden wir eine Menge Fragen über uns ergehen lassen müssen." meinte er. „Schließlich hatte Bürgermeister Miros uns vor der Insel gewarnt. Und einige Andere im Hafen vorher ebenso. Aber wir wussten es mal wieder besser." Bill lachte auf. „Na, das mit dem Besserwissen wird uns allen jetzt wohl reichlich vergangen sein."

Die Nacht verlief ruhig. Sie unterhielten sich noch eine ganze Weile über das Erlebte. Dabei kamen sie auch auf Bills Frau zu sprechen. Bill erzählte seinem Freund alles über seine Ehe und über das Kind, das sie sich so sehnlichst gewünscht hatten. Mike spürte, hier halfen keine Worte. Er hörte einfach nur zu, war einfach da für seinen Freund. Und mit der Zeit merkten sie beide, dass nicht nur das gemeinsam Erlebte sie verband, sondern dass es das Vertrauen war, das von Anfang an zwischen ihnen stand. Es begann schon zu dämmern, als Mike Bill ablöste und der sich in den nächsten Liegestuhl legte und sofort einschlief.

Bill wurde spät am Vormittag von einem lauten Jauchzer geweckt. Er sah Jens und Jason am Heck stehen. Jens hob gerade seine Angel aus dem Wasser und lachte laut. Ein großer Fisch zappelte am Haken. Er nahm ihn ab, und schmiss die Angel wieder ins Wasser, während Jason seine einholte. Bill rieb sich den letzten Schlaf aus den Augen und stand auf. Lea sah auf, als Bill plötzlich neben ihr war. „Guten Morgen, Bill," rief sie freudig. „Heute Mittag gibt es frischen Fisch zum Essen. Dank unserer Jungs."

Bill lachte sie an. „Hast du was dagegen, wenn ich heute koche?" fragte er sie. Lea schüttelte den Kopf. „Absolut nicht, im Gegenteil. Aber wir haben nicht mehr viel zum Würzen oder so." „Macht nichts, ich denke mir was aus," grinste er Lea an. In diesem Moment kam Jens, nahm erst Bill, dann seine Mutter in den Arm, und tanzte durch die Gegend. Seine Mutter schüttelte den Kopf. „Was ist denn mit dir los?" „Schluss mit dem ewigen Obsttagen. Endlich gibt es wieder was Vernünftiges zu Essen."

„Aber nur, wenn ich jetzt den Fisch zum Zubereiten bekommen," stoppte ihn Bill. Jens lief zum Heck, nahm den Eimer und brachte ihn Bill. Im Eimer waren zehn richtig schöne Fische. Bill freute sich: „Das gibt ein Festmahl," meinte er nur, und verschwand in der Kombüse. Am Steuer lachte Mike laut auf. Lea ging zu ihm hinüber. „Danke, dass du Ihn machen lässt," sagte Mike zu ihr. „Wieso?" fragte sie. „Na ja, ich glaube, dass er das einfach jetzt braucht. Und die Anerkennung von uns hilft ihm dabei, sein Leben wieder in den Griff zu kriegen."

Und Bill hatte nicht zu viel versprochen. Er hatte es geschafft, den Fisch zu einer Spezialität zu machen. Oder kam es ihnen nur so vor, weil sie lange nichts anderes mehr hatten, als Obst? Nein, Bill war ein ausgezeichneter Koch. Das hatte er ihnen jetzt nicht nur mit seinen Restaurants bewiesen.

Sie hatten das Essen so sehr genossen, dass sie sich danach gar nicht mehr wirklich bewegen mochten. Also legten sie sich nach dem Abwasch auf die Liegen, um ohne Angst endlich mal wieder Urlaubsfeeling zu haben. Jens übernahm das Steuer, und ließ sich später von Jason ablösen. Es verwunderte ihn, dass sein Vater plötzlich zusammen mit Bill die nächtlichen Fahrten übernehmen wollte, doch Lea machte ihm klar, dass die beiden Männer einfach Zeit für sich gemeinsam brauchten. Auch sie und die Kids schätzten Bill sehr, doch die Männerfreundschaft, die zwischen Mike und Bill entstanden war, schien etwas ganz Besonderes zu sein. Und Lea akzeptierte das.

Trotzdem liefen sie am Abend in eine Bucht ein, um dort zu ankern. Nach einem weiteren köstlichen Mahl holte Mike die letzte, noch fest verschlossene und bis dahin gut versteckte Flasche Whisky und öffnete sie. „Mein Vater hatte damals immer eine gut versteckte Flasche an Bord, die immer dann geöffnet wurde, wenn sie von langer Fahrt zurück im sicheren Hafen waren. Wahrscheinlich habe ich mir das von ihm abgeguckt." „Aber Dad, wir sind doch noch nicht im sicheren Hafen," warf Jens ein. Bill lächelte Mike an, der ein leichtes Lächeln zurück gab.

Er schenkte die Gläser ein, und antwortet erst dann seinem Sohn: „Ich glaube, wir müssen das Karten lesen noch mal üben, Sohnemann. Der Hafen von Taras ist nicht mal mehr eine Stunde von uns entfernt. Wir hätten heute noch dort anlegen können. Aber Bill und ich haben beschlossen, heute Abend hier zu bleiben. Wir wollten eine letzte Nacht in aller Ruhe mit euch verbringen. Und da ist noch etwas, was ich euch sagen möchte." Mike stockte einen Moment und sah hinaus aufs Meer. Dann gab er sich einen Ruck, sah einem nach den anderen in die Augen. Sein Blick verweilte bei Lea und er setzte seine Ansprache fort: „Ich möchte euch sagen, wie stolz ich auf euch alle bin. Und ich meine wirklich auf alle. Wir hatten keine Ahnung, was passieren würde, trotzdem seid ihr alle ruhig und vernünftig geblieben. Ihr habt eure Angst bekämpft, und alles gegeben, wenn einer von uns in Gefahr war." Er hob sein Glas: „Normalerweise ist Whisky nichts zum Anstoßen, aber Champagner habe ich nicht," lächelte Mike. „Ich habe euch vertraut, nein, wir haben uns vertraut. So, wie wir uns immer vertraut haben. Ich danke euch dafür. Ich weiß jetzt, dass dieses Vertrauen zwischen uns etwas Besonderes ist und immer bleiben wird. Danke an meine Familie, danke an Maggie und Jason, die ich irgendwie schon ewig zu kennen scheine, und die mir fast so nah sind, wie meine eigenen Kinder. Und … danke an Bill."

Er drehte sich Bill zu. „Du bist als Fremder zu uns gekommen, doch du hast nie wie ein Fremder reagiert. Du hast uns Vertrauen geschenkt ohne uns zu kennen. Danke, ich bin stolz darauf, dein Freund sein zu dürfen." Bill sah ihn an. „Ich war nie ein Fremder bei euch. Ihr wart es, die mich als einen von euch behandelt haben. Ich müsste dafür danke sagen. Doch deine Freundschaft, nein eure Freundschaft nehme ich sehr, sehr gerne an." Sie umarmten sich, und nach dem Anstoßen wurde es noch ein gemütlicher Abend mit vielen Erzählungen und Gelächter. Er war schon sehr spät in der Nacht, als sie nach und nach schlafen gingen, bis Ruhe eingekehrt war.

Am nächsten Morgen, als Lea Frühstück machen wollte, meinte Bill zu ihr: „Kaffee reicht. Wenn wir bald im Hafen anlegen, gehen wir erst mal Frühstücken. Und zwar mit allem, was dazu gehört. Ich lade euch ein." Sie lichteten den Anker und fuhren los. Mike war ungeduldig. Er wollte so schnell es geht den Hafen anlaufen.Denn erst dann würde er wirklich glauben, dass der Albtraum zu ende ist.

Es dauerte nicht mal eine Stunde, als sie Taras erblickten. Sie liefen im Yachthafen ein, wo der Hafenmeister sie in Empfang nahm. „Paloma Lea", las er den Namen des Bootes, das gerade einlief. Sofort fiel ihm ein, dass das der Name der Yacht war, die wahrscheinlich vermisst wurde. Sein Freund Gianno, der in Patamo lebte, hatte ihm von dem Boot erzählt. Er begrüßte die Familie warmherzig, und als Bill nach einem Frühstückscafè fragte, gab er ihnen die Adresse von einer sehr guten Bäckerei, die auch ein Frühstücksbüffet mit anbot. Sofort machten sie sich auf den Weg dorthin. Der Gedanke von frischen Brötchen war einfach zu verlockend. Der Hafenmeister aber rief als erstes seinen Freund an, und berichtete ihm vom Einlaufen der „Paloma Lea". Gianno jauchzte vor Freude auf und versprach ihm, sofort mit dem nächsten Zug nach Taras zu kommen. Er bat den Hafenmeister, auch Bürgermeister Miros, Giannos Cousin, die Rückkehr mitzuteilen.

Währenddessen genossen die

Rückkehrer ihr erstes Frühstück in Sicherheit. Und da es ein Buffet war, hatten auch Jens und Jason die Möglichkeit, sich von allem zu nehmen, und das Obst außen vor zu lassen, was sie auch reichlich taten. Das wiederum führte bei den Frauen zu heiterem Gelächter. Die Stimmung der Sieben war gelöst. Alle Angst war von ihnen abgefallen. Nach und nach wich die Anspannung, und etwas wie Urlaubsstimmung stellte sich ein. Und doch war ihnen klar, dass dieser Urlaub nie in Vergessenheit geraten wird. Aber jetzt, in diesem Moment, wollten sie einfach nicht daran denken, und die derzeitige Situation genießen.

„Boah, Das Frühstück war der Hammer. Danke Bill. Du hast mich vor dem drohenden Vitaminschock gerettet," scherzte Jens gut gelaunt und mit reichlich gefülltem Magen. Bill lachte. „Das hätte ich mir ja sonst nie verziehen," gab er frech grinsend zur Antwort. Das kurze Wortgeplänkel rief eine große Heiterkeit bei Allen hervor, bis Mike ermahnte: „Wir sollten mal ein wenig Rücksicht auf die anderen Gäste nehmen." „Ihr hättet vor allem mal etwas Rücksicht auf meine Nerven nehmen können," ertönte es hinter Mike.

Im Umdrehen sprang er auf: „Gianno, wie kommst du denn hierher?" „Was ist denn das für eine Begrüßung?" Giannos Stimme klang spöttisch, doch dann umarmte er Mike heftig. „Bei Gott, ich bin froh, dass ihr wieder da seid. Ich hatte wahnsinnige Angst um euch. Ihr wart spurlos verschwunden. Wo, zum Kuckuck, seid ihr gewesen?" Bevor jemand antworten konnte, nahm er sie der Reihe nach alle in den Arm, auch Bill. Nachdem Gianno sich zu ihnen gesetzt hatte und Mike erwartungsvoll ansah, antwortete dieser nur: „Das ist eine lange und unglaubliche Geschichte." „Dann solltet ihr sie uns in aller Ruhe in meinem Büro erzählen," erklang eine Stimme hinter Lea. Bürgermeister Miros und Giannos Brüder Rondo und Pepe standen plötzlich dort. Nachdem sie sich alle herzlich begrüßt und Bill das Frühstück bezahlt hatte, machten sie sich auf ins Büro vom Bürgermeister.

Dort angekommen, stand bereits eine

Riesenkanne mit frisch gekochtem Kaffee auf dem Tisch. Eine kurze Weile sagte niemand ein Wort. Dann fing Gianno an zu erzählen. „Nachdem ihr fort wart, rief ich Miros an. Wir sind Cousins, und dieser Hafen war der Nächste auf eurer Fahrt. Ich bat ihn, mit euch zu reden. Doch vergeblich. Er meinte später, ihr hättet trotz Warnung eure Reise fortgesetzt. Wir setzten uns mit den umliegenden Häfen in Verbindung, doch keiner hatte was von euch gesehen. Nach einigen Tagen haben wir noch mal nachgefragt, aber wieder nichts. Ihr wart einfach von der Bildfläche verschwunden. Dann nahm Pepe mit Freunden Kontakt auf, die ein Funkgerät mit enorm großer Reichweite besaßen. Sie versuchten, euch irgendwie zu orten, aber auch das war vergeblich. Danach haben wir nur noch gehofft, dass ihr irgendwo wieder auftaucht. Doch bis heute war alles Warten vergebens. Und dann kam dieser Anruf vom Hafen, dass ihr wieder da seid. Rondo, Pepe und ich haben gar nicht erst auf den Zug gewartet. Ein guter Freund hat ein kleines Sportflugzeug. Der hat uns sofort her geflogen. Und da sind wir.‘‘

Miros hatte zwischendurch nur ein paar mal genickt. „Nachdem ihr meine Warnung in den Wind geschlagen hattet, rief ich sofort Gianno an. Er war vollkommen aufgelöst und hat Himmel und Hölle in Bewegung gesetzt um euch zu finden. Zwischendurch hatte ich einige male richtig Angst um ihn. Aber jetzt seid ihr ja wieder da. Und nun seid ihr dran. Erzählt, wo wart ihr und was ist passiert?"

Und Mike fing an zu erzählen. Von der plötzlichen Dunkelheit, den Riffen und dem scheinbar rettenden Leuchtfeuer. Er erinnerte sich daran, wie erschrocken sie waren, nachdem sie gemerkt hatten, dass sie auf einer menschenleeren Insel waren. Und dann jede Nacht die Leuchtfeuer, von denen sie ausgingen, dass sie von Menschen gezündet waren. Er schilderte ihnen den Schrecken, als sie entdeckten, dass die Feuer unwirklich waren. Und dann die Geister der Tiefe und die Furcht, die sie verbreiteten.

Keiner der Anderen unterbrach Mike bei seiner Erzählung. Aber bei den Quallen angekommen, unterbrach er kurz seinen Bericht. Er sah Bill an, der Tränen in den

Augen hatte. Und dann war es Bill, der das Wort ergriff. Er sprach darüber, wie er auf die Insel kam und von dem qualvollen Tod seiner Frau und seines ungeborenen Kindes. Er erzählte von der Begegnung mit Mike und Lea und deren Kindern, die ihn sofort in ihre Gemeinschaft aufnahmen.

Miros winkte ab. „Stopp. Seid mir nicht böse, aber ich brauche einen Moment, um das alles zu verarbeiten. Meine Sekretärin hat Kaffee gekocht, und dort drüben stehen ein paar kleine Küchlein bereit. Bitte bedient euch. Lasst uns eine kurze Pause machen." Er stand auf und nahm sich einen Kaffee. Dann ging er zum Fenster und sah schweigend und nachdenklich auf das Meer hinaus. „Es sieht so einladend und friedlich aus," murmelte er leise. „Und doch hat es so soviel Unglück über die Menschen gebracht."

Sie tranken ihren Kaffee schweigend, keinem war zum Reden zumute. Erst nach einer ganzen Weile setzten sie sich wieder. Abwechselnd erzählten jetzt Mike und Bill von den Vorkommnissen auf der

Insel. Von der ständigen Suche nach etwas, was ihnen helfen konnte. Von der Nahrungsknappheit, die nur aufgrund der zahlreichen Früchte und des Süßwassersees für sie keine Katastrophe wurde. Und dann sprachen sie über das gefundene Tagebuch und dem alten Holzteil mit dem Namen „Paloma", das zu Mikes Vater führte.

„Da fällt mir ein," unterbrach Lea die Beiden. Sie griff in ihre Hosentasche und holte das Medaillon hervor. „Wir sind nicht ganz sicher, aber könnte das euch gehören, oder vielmehr eurem Vater?" Sie übergab den Brüdern das Schmuckstück, das Gianno ehrfürchtig in die Hand nahm. Als er den Deckel öffnete, konnten die Drei einen Ausruf nicht unterdrücken. Mit Tränen in den Augen fragte Gianno. „Wo habt ihr das her? Das hat unserem Vater gehört. Er hatte es immer bei sich, wenn er zur See fuhr. Es ging mit ihm verloren."

Behutsam klärte Mike die Brüder darüber auf, dass auch ihr Vater auf dieser Insel gewesen sein muss, wie sie schon vermutet hatten. Dann setzte er seinen Bericht fort. Er erklärte ihnen, wie er im

Tagebuch seines Vaters Hinweise auf das Überleben auf dieser Insel bekommen hatte. Doch dann versagte Mike die Stimme. Sanft legte Lea ihre Hand auf die Seine. Und dann war es Bill, der von den Beben, den Folgen der Beben, den dann angreifenden Quallen und dem Untergang der Insel erzählte.

Absolute Stille war im Raum, nachdem sie ihre Erzählung geendet hatten. Jens sah auf die Uhr, die an der Wand hing. Es war bereits Nachmittag. Stundenlang hatten sie von der Insel berichtet. Er beugte sich zu Lea. „Mum, ich geh zur Yacht und seh mal nach Homer. Vielleicht finde ich auch noch einen Tierarzt, der ihn sich ansieht." Lea nickte und Jens stand auf. Doch Miros hatte seine Worte gehört. Er erhob sich ebenfalls. „Ich komme mit," sagte er zu Jens gewandt. „Ich bringe euch zum Tierarzt. Ein solch tapferer Hund hat nur die beste Behandlung verdient."

Auch die Anderen erhoben sich. „Lasst uns Schluss machen für heute," meinte Gianno. „Meine Brüder und ich würden gern noch ein Gläschen Wein mit unseren Freunden trinken. Gehen wir zum Boot und machen es uns dort gemütlich. Und unterwegs kaufen wir noch richtig ein." Mike lächelte ihn an. „Etwas Ablenkung würde uns guttun," meinte er, und so verließen sie geschlossen den Raum.

Auf der Yacht sahen sie zuerst zu Homer. Lea nahm ihn auf den Arm und sagte nur: „Jens, du kannst deinem Vater helfen, ein paar Plätze zurecht zu machen und für Essen und Trinken sorgen. Ich gehe mit Homer zum Arzt." Jens nickte nur, streichelte Homer über den Kopf und ging zu seinem Vater. Gianno schickte seine Brüder zu einem Großeinkauf von Lebensmitteln und Getränken. Überrascht sahen Bill und Mike ihn an. „Was hast du denn vor?" Doch Gianno zuckte nur mit der Schulter und antwortete: „Hier muss man auf alles gefasst sein. Ich bin sicher, euer Abenteuer hat sich schon herumgesprochen. Wer weiß, wer hier noch alles auftaucht." Dann sah er sich um. Gemeinsam schafften die Männer soviel Platz, um nachher alle zusammen essen zu können. Die Stimmung wurde dabei immer ausgelassener.

Indessen waren Miros und Lea beim

Tierarzt angekommen. Der untersuchte Homer sehr gründlich. Dann sah er Lea an und fragte sie: „Sie sind nicht zufällig eine Kollegin?" Lea lachte. „Nicht ganz. Ich untersuche nur Menschen, keine Tiere." Der Tierarzt lächelte sie an. „Dafür war es eine ausgezeichnete Behandlung. Die Verbrennungen, die er hinten quer über seinen Körper hat, sind sauber. Da kann ich nichts weiter machen. Ich gebe euch eine Salbe zum Einreiben mit. Die Wunden brauchen ihre Zeit, aber sie werden heilen. Mit dem gebrochenen Bein ist es etwas anderes. Ich würde es gern operieren. Damit es gut zusammen wächst, möchte ich ihm eine Platte einsetzen. So, wie es im Moment ist, könnte das Laufen später schwierig werden."

Lea sah auf Homer, der ihr treuherzig in die Augen schaute. „Reicht es, wenn ich ihn Morgen wieder her bringe? Ich möchte das gern mit meiner Familie besprechen." „Natürlich, aber dann bitte so früh wie möglich." Er sah sie an. „Sie müssen sich keine Sorgen machen. Homer ist ansonsten kerngesund. Nach der OP sollte er aus Vorsichtsgründen noch für ein oder zwei Tage bei uns bleiben. Aber dann kann er wieder mit nach Hause." Lea nickte nur. Als Ärztin wusste sie natürlich, dass der Tierarzt Recht hatte, aber trotzdem fühlte sie auf einmal eine unerklärliche Angst in sich aufkeimen. Nein, dass wollte sie nicht alleine entscheiden.

Als Lea zurück zum Boot kam, hörte sie schon aus der Ferne Musik, und roch den Duft von gegrilltem Fleisch. Sie traute ihren Augen kaum. Vor dem Gebäude des Hafenmeisters stand ein großer Grill, auf dem Rondo unermüdlich Fleisch legte und wendete. Daneben war ein Getränkewagen, der voll belagert war. Sie suchte ihren Mann, und sah Mike und Bill auf dem Steg vor ihrer Yacht stehen. Sie unterhielten sich mit einigen Leuten. Mike kam auf sie zu, als sie den Steg betrat, um Homer wieder an Bord zu bringen.

„Ich kann nichts dafür," murmelte er leise, als er ihren fragenden Blick sah. „Essen und Trinken haben Gianno und seine Brüder auf ihre Kosten besorgt. Und die ganzen Leute hier, tja, das sind die Bewohner des Ortes und die

Bootsbesitzer. Und Presse. Alles vom Bürgermeister veranlasst. Soviel zum Thema 'gemütlich mit Freunden'." Lea lächelte ihn an. „Ich muss mit euch über Homer reden," meinte sie. Mike winkte Bill und seinen Kids. Zusammen gingen sie auf das Boot, wo Lea ihnen von den Untersuchungen des Tierarztes berichtete.

Sie beschlossen gemeinsam, Homer morgen operieren zu lassen. „Ich möchte ohnehin noch ein paar Tage bleiben," sagte Mike. „Es gibt hier eine große Bibliothek. Ich hoffe, dort das Buch zu finden, das mein Vater so geheimnisvoll behütet hatte. Bill wird mir dabei helfen." Lea nickte nur. Sie würden also noch etwas bleiben. Und dann? „Dad," unterbrach Susi ihre Gedanken. „Dad, müssen wir denn wieder mit dem Boot nach Hause? Irgendwie verlockt mich der Gedanke im Moment überhaupt nicht." Sie verzog das Gesicht. Mike nahm sie in den Arm. „Schauen wir mal," antwortete er nur. Dann gingen sie wieder zu den Gästen auf den Steg.

Der Abend kam, und es begann zu dämmern. Leise schlich sich Bill von den

Anderen fort und betrat das Boot. Er ging zum Heck und setzte sich dort zu Homer. Während er ihn streichelte, sah er aufs Meer hinaus. Er war tief in Gedanken und bemerkte nicht, dass Lea ihm gefolgt war. Sanft strich sie über seinen Arm und nahm seine Hand in ihre. „Wenn sie dich so sehr geliebt hat wie du sie, dann wird sie nicht wollen, dass du in Trauer versinkst. Auch wenn es für dich im Moment lächerlich klingt, aber das Leben geht weiter. Lebe für sie, Bill. Lebe das Leben, was ihr nicht mehr vergönnt ist." Bill sah sie an. Tränen glitzerten in seinen Augen. „Woher wusstest du …?" Lea lächelte ihn an. „Das war nicht besonders schwer. Wir sind in Sicherheit, und jetzt kommen die Gedanken. Das ist etwas völlig Normales. Aber du darfst ihnen nicht zu viel Raum geben. Du sollst die Trauer nicht unterdrücken, du sollst nur nicht vergessen, dass es für dich noch etwas Anderes gibt." Sie gab ihm einen Kuss auf die Wange, drehte sich um und verließ das Boot.

Bill sah ihr eine Weile hinterher. Dann ging sein Blick noch einmal auf das Meer. Er seufzte tief, aber schließlich drehte er sich um und ging wieder an Land zu all den Menschen, die hier mit ihnen feierten. Und während bei Tanz und Gelächter die Nacht langsam dem Morgen wich, und die Menge immer kleiner wurde, vergaß er zumindest für diese Nacht seine unerträgliche Trauer.

Es war schon Mittag, als oben an Deck jemand laut rief: „Hey, ihr Langschläfer. Aufgestanden." Mike erschrak und sprang aus dem Bett. Eine Bewegung, die er sofort bereute. Schnell setzt er sich auf die Bettkante und sah zu Lea. Aber Lea war nicht da. Jetzt plötzlich war Mike hellwach. Wo war Lea? Er zog sich an und lief rauf aufs Deck, wo Gianno ihn mit einem frechen Grinsen und einer Riesentüte frischer Brötchen empfing. Der Tisch an Deck war bereits zum Frühstück gedeckt, nur der Kaffee fehlte noch.

„Wo ist Lea?" war die erste Frage, die Mike stellte. „Einen wunderschönen guten Morgen wünsche ich dir auch," spottete Gianno. „Kaffee kochen," ertönte hinter ihm die Stimme seiner Frau. Erleichtert drehte er sich um. Er sah das spöttische Grinsen seiner Frau. Dann meinte Gianno:

„Im Gegensatz zu manch einem Anderen auf diesem Boot, war deine Frau schon in aller Frühe auf den Beinen." „Ich habe Homer schon zum Tierarzt gebracht." Lea stellte den Kaffee auf den Tisch und setzte sich. Nach und nach kam jetzt auch der Rest der Familie und vertilgte das Frühstück mit großem Appetit.

„Gianno," wandte sich Mike an ihn. „Kennst du die Bibliothek hier im Ort?" „Nein, nicht direkt. Ich weiß nur, dass die Bibliothek hier von der ganzen Umgebung wohl die Größte ist. Wieso? Hast du etwa Langeweile und brauchst ein gutes Buch?" Jetzt schüttelte Mike den Kopf. Er erklärte Gianno, was er in der Bücherei zu finden hoffte. Gianno horchte auf. Nachdenklich meinte er: „Ich weiß von unserem Vater, dass es so ein Buch gegeben haben soll, aber ich habe keine Ahnung, wie es heißt. Und wenn du das auch nicht weißt, wie willst du es dann finden?" „Ich weiß, wie es ausgesehen hat. Ich bin mir sicher, ich würde es wieder erkennen."

Gianno sah ihn lange an. Dann nickte er nur. „Ich kann dir leider nicht helfen," meinte er. „Ich muss mich heute erst mal um meine Geschäfte kümmern. Bin so Hals über Kopf abgereist, dass alles stehen und liegen blieb." Mike klopfte ihm auf die Schulter. „Das ist in Ordnung. Machst du das von hier, oder …?" Gianno unterbrach ihn: „Du glaubst doch nicht, dass du mich so schnell wieder los wirst? Das wird von hier geregelt. Wozu hat man seine Leute? Und heute Abend würden meine Brüder und ich gern den ruhigen Abend unter Freunden nachholen." Er erhob sich, winkte ihnen zu und verließ ohne eine weiteres Wort die Yacht.

„Komischer Kauz," murmelte Jason, Gianno nachsehend. „Aber lieb," ergänzte Susi. Die Beiden sahen sich an und lachten. „Dann werde ich wohl erst einmal einkaufen gehen," plante Lea. „Wir würden dich gern begleiten," meinte Jens, und legte seinen Arm um Maggie. „Ach nee," kam es von Susi, „Was ist denn das?" Jens steckte ihr nur die Zunge raus, während Maggie fragte: „Neidisch?" Leas Blick ging zu Mike, der ihr, von den Anderen ungesehen, ein verschwörerisches Lächeln zuwarf.

Jason und Susi wollten erst an Bord bleiben und Ordnung schaffen, und danach vielleicht noch ein bisschen bummeln gehen. So hatte jeder von ihnen seine eigenen Pläne.

Während die Anderen sich in ihre Einkäufe stürzten, gingen Mike und Bill direkt zur Bücherei. Es war ein riesiges Gebäude, und Mike hoffte, dass das gesuchte Buch vielleicht bekannt wäre. Denn, wenn sie alles absuchen müssten, würde es wohl ewig dauern. In der Bibliothek begegneten sie Bürgermeister Miros. Er begrüßte sie herzlich und wies sie dann an eine Bibliothekarin, die vor einem Computer saß. „Ich habe euch schon angemeldet. Carola wird euch bei der Suche helfen," meinte Miros zu ihnen. Er legte die Hand auf Mikes Schulter, drückte einmal ganz kurz zu und verließ das Gebäude. Mike und Bill gingen zu Carola, die sie schon erwartete. „Hallo," grüßte sie die Beiden. „Ich bin Carola, Miros Tochter. Nennt mich einfach Caro. Ich habe die Bibliothek unter mir. Vielleicht kann ich euch helfen."

Mike gab ihr die Hand. „Hallo Caro.

Schön, dich kennen zu lernen. Wir suchen ein Buch über verwunschene oder verfluchte Inseln. Inseln, die einfach auftauchen und genauso spurlos wieder verschwinden. Es muss ein sehr altes Buch sein. Mein Vater hatte es schon, und selbst da war es schon alt." Caro überlegte. Nach einer Weile schüttelte sie den Kopf. „So aus dem Stegreif kann ich euch da nichts nennen. Aber wenn ihr in den Raum C geht, hier raus und dann links, solltet ihr mal in der Abteilung 'Alte Erzählungen' suchen. Oder in Raum G. Da gibt es die Abteilung 'Verwunschene Dinge'. Ich seh solange mal im Computer nach, ob ich darüber was finde." Beim wegdrehen meinte sie nur noch: „Ich hoffe, ihr habt genügend Zeit mitgebracht. Unsere Abteilungen sind nicht die Kleinsten."

Irritiert verließen Mike und Bill Caro und suchten Raum C, und darin die entsprechende Abteilung auf. Als sie die empfohlene Abteilung betraten, blieben sie wie vom Donner getroffen stehen. Bill stieß einen lauten Seufzer aus. „Oh man, das schaffen wir ja nie. So viele Bücher auf einem Haufen habe ich noch nie gesehen." Er sah Mike an. Der grinste nur: „Na, komm schon. Irgendwo müssen wir ja anfangen." Spöttisch erwiderte Bill: „Mir wäre es lieber, dir würde einfallen, wie das Buch wirklich heißt. Das spart uns dann eine Menge Arbeit." Dann ging er zum Anfang dieser Abteilung zum Buchstaben A. „Let`s go," murmelte er vor sich hin, und fing an, die Buchtitel zu lesen.

Mike seufzte noch einmal laut und ging dann zum nächsten Buchstaben. Sorgsam lasen sie jeden einzelnen Buchtitel, nahmen hin und wieder mal ein Buch in die Hand um zu sehen, ob ihre Insel darin auftaucht. So ging es nur sehr langsam voran. Als nach einer Weile auch Susi und Jason zu ihnen stießen, hatten sie das Gefühl, als wären sie noch nicht weiter gekommen.

Jetzt waren sie zu Viert und gingen sorgfältig jeden Buchstaben und jedes Buch durch. Von Caro war nichts zu sehen und zu hören. Plötzlich stand Lea vor einem in ein Buch vertieften Mike. Er erschrak, als er aufsah. „Ich wollte nur mal hören, ob ihr nicht irgendwann mal Hunger bekommt," meinte sie. „Wieso, wie

spät ist es denn?" „Fast siebzehn Uhr."
„Was schon?" Mike sah zu den Anderen,
dann seufzte er wieder, schlug das Buch
zu, stellte es zurück und sagte zu ihnen:
„Lasst uns Schluss machen für heute. Wir
gehen morgen wieder her." Er legte
seinen Arm um Lea und gemeinsam
verließen sie den Raum.

Vorne, kurz vor der großen Eingangtür,
begegnete ihnen Caro. Sie sah müde aus,
doch sie lächelte leicht. „Tut mir leid, ich
muss euch enttäuschen. Ich habe noch
nichts gefunden. Ich hatte gehofft, dass
würde leichter gehen." Beschämt senkte
sie den Kopf. Bill ging zu ihr und nahm sie
in den Arm. „Mach dir keinen Kopf darüber
Caro. Wie sollst du etwas finden, von dem
anscheinend keiner weiß, wie es heißt
oder in welche Kategorie es gehört. Mach
Feierabend. Wir sind Morgen wieder hier."
Lea fragte. „Wollen Sie nicht mit uns
essen? Uns würde es sehr freuen." Caro
sah sie an: Aber nur, wenn wir beim Du
bleiben. Dann sehr gern." Sie verließen
das Gebäude, und Caro verschloss das
große Eingangstor.

Auf der Yacht hatten Maggie und Jens

schon den Tisch mit lauter leckeren Sachen gedeckt. Nur Platz zum Sitzen und Essen war nicht mehr. Mike sah Jens an. „Und wo, bitte schön, sollen wir sitzen und essen?" Bevor Jens antworten konnte, ertönte aus der Kombüse ein lautes: „Sitzen, überall wo Stühle stehen. Essen, da wo du sitzt. Zum Essen brauchst du nur deine Hände." Ein verstrubbelter Kopf sah von unten hoch. Dunkle, spöttisch lachende Augen sahen Mike an. „Ich hab doch gesagt, so schnell wirst du mich nicht los."

Jemand tippte Mike von hinten auf die Schulter. „Kannst du bitte mal Platz machen? Ich komme sonst mit den Getränkekisten nicht durch." „Setz dich am Besten schon mal irgendwo hin," ertönte eine dritte Stimme. Natürlich, wo Gianno ist, sind auch Rondo und Pepe nicht weit. Mike zog es vor, sich einen Platz weit weg vom Geschehen zu sichern. Da war er sicher nicht im Weg.

Gedankenverloren saß er auf seinem Platz. Er nahm das Tagebuch aus seiner Tasche und blätterte wahllos darin herum. Wieso konnte er sich nur nicht an das alte

Buch erinnern? Er hatte es doch ein paar mal gesehen. So hatten sie doch überhaupt keine Chance, das richtige Buch zu finden. Er war müde. Hatte es denn überhaupt einen Sinn, danach zu suchen? Was hätten sie davon, wenn sie es finden sollten?

Mike war nicht bewusst, dass er die letzten Fragen laut ausgesprochen hatte. „Es hat den Sinn, dass wir wissen, was da los war. Vielleicht können wir dadurch vielen anderen Seefahrern das Leben retten," hörte er plötzlich Bill zu ihm sagen. Fragend sah er zu ihm hoch. Bill zuckte mit den Schultern. „Entschuldige, du hast die letzten Fragen laut gestellt. Ich wollte dir nur helfen." „Ich habe laut gesprochen? Das habe ich nicht bemerkt." Mike sah wieder zu Bill, dann schüttelte er den Kopf und sagte laut: „Schluss für heute. Lass uns über was Anderes reden." „Zum Beispiel über gutes Essen á la Gianno," rief Gianno laut. Und wirklich. Das Essen duftete verführerisch. Gianno hatte sich selbst übertroffen. Und so schlemmten, tranken und redeten sie bis spät in die Nacht hinein.

Am Morgen danach war es ruhig auf dem Bootssteg. Als Mike erwachte, nahm er als erstes den Kaffeeduft wahr. Er erhob sich, zog sich an und ging an Deck. Lea erwartete ihn mit einem duftenden Kaffeebecher, den sie ihm schweigend hinhielt. Er nahm ihr den Becher aus der Hand, stellte ihn zur Seite und zog seine Frau an sich. Dann küsste er sie lang und innig. Als er Lea wieder los ließ, strich sie sanft über sein Gesicht. „Ich liebe dich mehr als mein Leben, mein geliebter Ehemann," sprach sie leise zu ihm. Er nahm ihre Hand und küsste ihre Finger. „Ich möchte mir nicht vorstellen, was wäre, wenn ich dich verloren hätte," flüsterte er. Sanft legte Lea ihm die Finger auf den Mund. „Ich bin da. Du hast mich nicht verloren. Wir haben noch ein langes gemeinsames Leben vor uns." Zärtlich sah er sie an.

„Guten Morgen, Allerseits," ertönte es ein Stück hinter ihnen. Lea drehte sich um und bemerkte Jens, der die Beiden feixend ansah. Er öffnete gerade den Mund, als Lea ihn zurecht wies: „Sag jetzt lieber nichts, mein Sohn." Jens sah sie an: „Wenn du mein Sohn sagst, wird es gefährlich. Dann bin ich lieber ruhig." Sie nahmen sich ihren Kaffee und setzten sich zum Frühstück. „Dad, geht ihr heute wieder in die Bibliothek?" Mike nickte. „Wäre es nicht besser, wenn wir alle gehen? Dann geht es etwas schneller." „Natürlich wäre das besser," erwiderte Bill, der in diesem Moment dazu kam. „Aber ob es deswegen schneller geht ...? Ich weiß nicht."

Sie ließen sich Zeit mit dem Frühstück. Lea wollte an Bord bei Homer bleiben. Die Anderen gingen wieder zu den Büchern. Auch Caro war schon wieder am Suchen. Sie winkten ihr einen Gruß zu und gingen direkt weiter in die Abteilung, die sie gestern verlassen hatten. Jens sah die vielen Bücher und murmelte leise: „Oh man, hätte ich bloß nichts gesagt."

Wieder verging Stunde um Stunde, ohne dass sie Erfolg hatten. Sie wechselten in eine andere Abteilung und fingen dort von vorn an. Es war zum Verzweifeln. Abends, zurück an Bord, waren alle frustriert. „So hat es keinen Sinn," maulte Mike. „Wir müssen uns was Anderes ausdenken."

„Ich glaube, ich wüsste da was," hörten

sie Caros Stimme vom Steg her. Sie kam an Bord und ging direkt auf Mike zu. „Es gibt da ein neues EDV-Programm in der Bücherei, damit kann ich noch gezielter suchen. Wir haben noch nicht viel damit gearbeitet, weil es ziemlich aufwendig ist. Wir brauchen dafür sehr viele Informationen. Und die muss ich von euch bekommen. Aber wenn die richtigen Informationen dabei sind, könnte es funktionieren."

Erwartungsvoll sah sie Mike an. Der überlegte nicht lang. „Wann können wir loslegen?" fragte er nur. Caro lachte. „Jetzt gleich. Ich habe die offizielle Genehmigung von meinem Boss." „Erst wird gegessen," rief Lea, und brachte ein großes Tablett mit Essen aus der Kombüse. Die Mädchen holten das Geschirr, und ehe Caro sich versah, hatte Bill ihr einen Stuhl untergeschoben. „Ich wollte euch nicht beim Essen stören," meinte sie. „Tust du auch nicht," antwortete Lea und hielt ihr die Schüssel mit warmen dampfenden Klößen hin. „Iss einfach mit, dann störst du nicht," lachte sie. Und Caro nahm diese Einladung an.

Nach dem Essen, als sie alle noch eine Weile am abgedeckten Tisch saßen, fragte Mike lächelnd: „Wollen wir wirklich heute noch anfangen?" Caro sah ihn an. „Ich denke, wir verschieben das auf Morgen," meinte sie nur. „Oh Gott, ich habe schon lange nicht mehr so verdammt gut gegessen. Ich danke euch." Sie verbrachten den Abend gemütlich bei ein paar Gläsern Wein. Es war sehr spät in der Nacht, als Caro sich verabschiedete, und die Anderen sich schlafen legten.

Früh am nächsten Morgen, nach dem Frühstück, gingen sie alle zusammen in die Bücherei. Caro saß dort schon auf ihrem Platz und begrüßte sie erfreut. „Und, soll`s losgehen?" fragte sie Mike. Der nickte nur. Caro rief eine Kollegin, die sie an ihrem Platz vertreten sollte. Dann winkte sie ihnen zu ihr zu folgen. Sie verließen den Raum und gingen ein Stockwerk höher, wo Caro sie alle zu einem großen Platz führte, an dem nichts stand, außer ein PC.

Während Sie den PC startete, wandte sie sich an Mike und die Anderen. „An diesem

PC werde ich alles eingeben, was euch so über die Insel und vor allem auch über das Buch einfällt. Wir fangen mit der Insel an. Erzählt mir alles, was damit zusammen hängt. Selbst, wenn euch das unwichtig erscheint." Sie wies ihnen die freien Stühle zu, die um sie herum standen. Dann setzte sie sich, öffnete ein Programm,und sah Mike erwartungsvoll an.

Der zögerte. Was soll das denn bringen? Bill stieß ihn an, und deutete ihm, endlich anzufangen. Also gut, dachte Mike. Wir können es ja versuchen. „Also, da war die Insel. Obwohl, zuerst war da eigentlich Nebel und dann die Dunkelheit. Dann sahen wir die Riffe und das Leuchtfeuer, und erst dann die Insel." Caro schrieb auf der Tastatur mit. Sie gab die Stichpunkte ein: Nebel, Dunkelheit, Leuchtfeuer, Insel.

Jetzt fingen auch die Anderen an zu erzählen. Mehr und mehr Erinnerungen holten sie wieder ans Tageslicht. Caro gab immer mehr Stichpunkte ein. Ihr Hände schienen gerade zu über die Tastatur zu fliegen. Und dann war Stille. Caro nahm ihre Hände herunter und schwieg für

179

einen Moment. Sie war sichtlich mitgenommen von dem, was sie gehört hatte. Es war bereits Mittag, doch keinem von ihnen interessierte die Zeit. Caro sah Mike an. „Und jetzt das Buch," sagte sie leise und heiser. „Versuche, dich an das Buch zu erinnern. Sein Aussehen, zum Beispiel. War es aus Leder oder aus Pappe. Alles, was dir so einfällt."

Sie gab dem PC einen neuen Befehl und wartete. Mike schloss die Augen. Er versuchte, sich zu erinnern. Und ganz plötzlich sah er seinen Vater mit dem Buch in der Hand. Er sah sich selbst, wie er mit seinem Vater sprach, und der ihm liebevoll über den Kopf strich. Und ganz langsam und ohne es selbst zu merken fing er an zu reden: „ Braun, es ist braun. Dunkel und aus Leder. Es ist ziemlich dick, und die Seiten sind anscheinend aus Pergament. Ich darf sie nicht anfassen. Mein Vater sagt, sie wären zu empfindlich. Er sagt, das Buch sei alt, sehr alt. Es wäre bestimmt schon aus dem 18 Jahrhundert oder so. Vorne ist ein Wellensymbol drauf. Das ganze Buch sieht aus wie eine Schatzkiste, die man gerade öffnet. Ich frage ihn nach dem Namen des Buches, doch er lacht nur. Er schließt das Buch in seinem Safe ein. Dann meinte er nur zu mir: ' Dieses Buch erzählt die Geschichte von Inseln, die jeder Seefahrer kennen sollte. Es sind verfluchte Inseln, geheimnisvolle Inseln, die Jeden, der sie betritt ins Verderben führen. Das ist keine Geschichte für kleine Jungs.' Ich habe das Buch danach nur noch einmal gesehen, als meine Mutter es nach Vaters Tod wieder einschloss."

Mike sah Caro an. Er hatte Tränen in den Augen. „Mehr weiß ich wirklich nicht," meinte er. Caro nickte ihm zu. „Das dürfte auch reichen. Jetzt müssen wir warten, bis der Computer diese Daten verarbeitet hat. Ich weiß nicht, wie lange das dauert. Ich hole uns erst mal Kaffee und eine Kleinigkeit zu essen." Sie stand auf und bat Susi und Maggie ihr zu helfen. Nach einigen Minuten kamen sie mit vollen Händen zurück. Sie setzten sich an den langen Tisch und begannen zu essen. Doch sie hatten ihre Mahlzeiten noch nicht einmal halb gegessen, als der Computer einen langen Piepton von sich gab. Sofort war Caro auf und lief hin.

Als sie auf den Bildschirm schaute, sah sie die Meldung: „Verschlossene Abteilung G. Geheimnisse der Meere, Kapitel 7 – Leuchtfeuerinsel." Daneben prangte ein großes Symbol in Form einer Welle, welches Mike, der bereits hinter ihr stand, sofort als das Symbol auf dem Buch erkannte. „Das ist es," rief er aus. Caro stöhnte laut auf. „Für die verschlossene Abteilung brauche ich eine extra Genehmigung. Da sind sehr kostbare Bücher drin, so dass wir die Abteilung normalerweise nicht betreten dürfen." Und wie lange dauert das?" fragte Bill. Caro zuckte mit den Schultern. „Keine Ahnung, wenn wir Glück haben, können wir Morgen da rein. Es kann aber auch ein paar Tage dauern. Kommt darauf an, für wie wichtig unser Anliegen angesehen wird. Ich werde gleich heute noch den Antrag stellen und persönlich dort abgeben."

Mike nickte nur leicht verstimmt. Jetzt, wo sie so nah dran waren, sollte alles an Bürokratie scheitern? Das darf doch nicht wahr sein. Sie verabschiedeten sich von Caro und verließen leise das Gebäude.

Auf der Yacht wartete Gianno bereits auf sie. „Na," fragte er. „Erfolg gehabt?" „Wie man´s nimmt," brummelte Mike. Lea stieß ihm in die Seite. „Gianno kann nichts dafür," wies sie ihn zurecht. „Hast ja recht. Entschuldige, Gianno." Der lachte. „Ihr kommt gerade rechtzeitig. Die Pizza ist gleich fertig." „Pizza.... ." Der Begeisterungsruf kam gleichzeitig von Jens und Jason. Die Mädchen liefen schnell nach unten um Teller zu holen. Lea schüttelte nur den Kopf. „Was das Wort 'Pizza' alles bewirken kann." Lächelnd sah sie Gianno an. „Danke," sagte sie leise, und gab ihm einen Kuss auf die Wange. „Hm, allein dafür hat sich das Pizza Backen schon gelohnt," grinste der.

Die Pizza war fertig. Gianno legte sie zum schneiden auf eine Platte und brachte diese dann an Deck. Bill hatte in der Zeit den Wein geöffnet, und so saßen sie gemütlich zusammen und genossen das Essen. In aller Ruhe erzählten sie ihrem Freund von ihrer Entdeckung. Mike hoffte, dass Caro möglichst schnell eine Zusage bekommen würde, aber er hatte leichte Zweifel. Na gut, ein paar ruhige

Urlaubstage würden ihnen jetzt ganz gut tun nach all dem Erlebten.

Sie waren am nächsten Morgen gerade mit dem Frühstück fertig, als Caro erschien. Freudestrahlend wedelte sie mit einem Blatt Papier. Bill half ihr an Bord. „Es kann losgehen," strahlte sie. „Ich hab die Genehmigung." Überglücklich umarmte Mike sie. Sofort machten sie sich auf den Weg in die Bibliothek. „Abteilung G ist im zweiten Stock. Also los. Fitness ist angesagt," spottete Caro.

Oben angekommen, holte sie ein großes Schlüsselbund aus ihrer Tasche. Sie drehte sich zu den Anderen um und meinte: „Ihr könnt leider nicht alle mit rein. Ich darf nur Zwei von euch einlassen." „Dann gehen Mike und Bill," entschied Lea. Die Beiden betraten hinter Caro die „Abteilung G". Caro verschloss die Gittertür wieder hinter ihnen. „Tut mir leid, Vorschrift," meinte sie mit einem Achselzucken. Sie führte Mike und Bill in einen kleinen separaten Raum. Die Bücherwände gingen bis an die Decke hoch. Und .. es gab keine Bezeichnungen. Caro zeigte auf die 3 Wände mit Büchern.

Leise sagte sie: „Das ist jetzt eure Aufgabe. Diese Regale haben keine Bezeichnungen. Das heißt, ihr müsst euch wahrscheinlich jedes Buch ansehen, das auch dem Gesuchten nur annähernd ähnlich sieht.

Ich muss wieder nach unten. Hiermit könnt ihr mir Bescheid sagen, wenn ihr fertig seid oder aus anderen Gründen hier raus wollt." Sie zeigte auf einen Tisch, an dem ein Telefon angebracht war. „Wenn ihr abnehmt, werdet ihr automatisch mit mir verbunden. Ich wünsche euch viel Glück." Sie drehte sich um, verließ die Abteilung, und nachdem sie wieder abgeschlossen hatte, ging sie zusammen mit den Anderen nach unten. Bill seufzte laut auf: „Meinen Urlaub hatte ich mir auch anders vorgestellt." Mike lachte. „Du klingst ja schon fast wie Jason. Na komm, machen wir uns auf die Suche."

Sie nahmen sich jeder eine Wand vor und fingen auf Leitern von oben an. Jedes Buch, das dem Gesuchten ähnlich schien, nahmen sie in die Hand und sahen es sich an. Doch immer wieder wurden sie enttäuscht. Nach zwei Stunden setzte

Mike sich an den Tisch. Bill sah fragend zu ihm. „Wenn mein Vater etwas ganz dringend gesucht hat, dann hat er sich auf diesen Gegenstand besonders stark konzentriert. Meistens schien er dann gefühlt zu haben, wo dieser Gegenstand war." Bill grinste. „Damit würdest du uns eine Menge Arbeit ersparen. Leg mal los," spottete er. Aber Mike überhörte den Spott. Er schloss die Augen und konzentrierte sich auf das Buch. Er sah es ganz deutlich vor sich. Viel deutlicher, als er es eigentlich in Erinnerung hatte.

Und dann ging sein Blick auf die Bücherwand, die noch unberührt war. Bill folgte überrascht seinem Blick. Dann ging er zum Regal hinüber. Er sah zu Mike, der sich weiter auf das Buch konzentrierte. Mikes Blick ging auf eines der oberen Regale. Dann seufzte er laut auf und schüttelte den Kopf. „Ich kann es nicht," stöhnte er. Aber Bill war Mikes Augen gefolgt. Er stand schon auf der Leiter und sah sich die Bücher an. Dann zog er eines heraus. Überrascht rief er aus: „Von wegen, du kannst das nicht." Er stieg die Leiter hinab und hielt Mike das Buch hin. Es war ein sehr altes, in dunkles Leder gebundenes Buch. Und es trug ein großes Wellensymbol.

Jetzt war Mike es, der überrascht aufsah. „Das ist es," rief er. Vorsichtig schlug er Kapitel 7 auf. „Die Leuchtfeuer-Insel," las er vor. „Zum ersten Mal wurde diese geheimnisvolle Insel vermutlich gegen Mitte des achtzehnten Jahrhunderts erwähnt. Seefahrer sahen fernab von ihrer Route Land, das auf keiner Karte eingetragen war. Nur wenige Wochen später widersprachen andere Schiffe dieser Darstellung. Es gäbe kein Land auf der angegebenen Position. In fast jährlichen Abständen wurde immer mal wieder fremdes, auf Karten nicht eingetragenes Land gemeldet. Dieses Land war jedoch jedes Mal an einem anderen Ort, und nach nur wenigen Wochen wieder spurlos verschwunden. Die Seefahrer, die diese Insel von weitem sahen, klagten über fischarme Gewässer während dieser Zeit.

Nach der ersten Sichtung dieser Insel waren bereits mehr als zwanzig Jahre vergangen, ohne dass sich ein Schiff dorthin getraut hatte. Dann geschah es, dass ein dringend erwarteter Kutter nicht erschien. Er war spurlos verschwunden. Und mit ihm die gesamte Mannschaft. Und das gerade zu einer Zeit, in der das Land genau auf dieser Route wieder aufgetaucht war. Im Laufe der folgenden Jahre wurden es immer mehr verschwundene Schiffe, die mit diesem Land in Verbindung gebracht wurden. Nach fast fünfzig Jahren wurde eines Tages eine Flaschenpost angespült.

Sie enthielt einen Brief von dem Kapitän eines der vermissten Schiffe. Er schrieb, das Land wäre eine Insel. Sein Schiff wäre in absoluter Dunkelheit auf Leuchtfeuer zugefahren, und dabei auf Riffe aufgelaufen und gesunken. Er konnte sich mit ein paar Männern an Land retten." Mike schwieg kurz. „Hm, der Brief ist hier eingefügt, aber in einer Sprache, die ich nicht kenne." Er schlug die Seite um. „Während der nächsten Jahrzehnte gab es immer wieder spurlos verschwundene Schiffe und Mannschaften. Hin und wieder kamen durch Briefe, die mit Flaschenpost verschickt wurden, weitere Informationen über diese Insel. So war die Rede von vielen Leuchtfeuern auf dieser Insel, die

Schiffe anlockten, welche dann auf den Riffen, die die Insel umgaben, zerbarsten. Es wurde auch von Geistern der Tiefe geschrieben, die sich die Lebenden holten.

Man gab eine Warnung an alle Schiffe und Seefahrer heraus, und man suchte verzweifelt nach einer Erklärung. Es gab sie. In einem gefundenen Tagebuch eines verschollenen Kapitäns aus dem Jahre 1817 las man Folgendes:

Ich habe sie gesehen, diese verfluchte Insel. Sie war plötzlich da. Umgeben von Riffen, die gnadenlos jedes Schiff zerstören, wartet sie auf ihre Opfer. Sie umgibt sie mit Dunkelheit und schenkt ihnen Hoffnung durch Licht. Leben gibt es auf dieser Insel nicht. Und sollte irgend jemand lebend diese Insel erreicht haben, schickt sie ihre Geister der Tiefe, sich das Leben zu holen. Diese Geister sammeln sich unter der Insel. Haben sie Hunger, lassen sie die Insel auftauchen. Haben sie ihre Opfer bekommen, sammeln sie sich zu Tausenden an Land, um diese Insel wieder zu versenken. Unter Wasser treiben sie mit der Insel dahin. Bis zum nächsten Auftauchen.

Ich habe eine Inschrift gefunden, die von einem uralten Fluch spricht. Sie erzählt von einer Art Luft, aus der das Feuer entsteht. Und von großen Höhlen unter der Insel, in denen die Geister der Tiefe leben. Sie allein steuern die Insel. Sie sind verflucht worden, solange zu töten, bis jemand es geschafft hat, ihren langen Tentakeln zu entkommen, die Insel zu verlassen und lebend wieder wo anders an Land zu gehen. Erst dann werden sie anfangen, sich selbst zu vernichten und nie wieder erscheinen. Auf einem Stein eingemeißelt fand ich außerdem diese Worte:

„Wenn die verfluchte Insel erscheint und ihre Geister dich erwarten, ist dein Verderben nah.

Nur wer furchtlos dem Verderben ins Auge sieht, hat eine Chance, den Geistern der Tiefe zu entfliehen.

Wenn Leben der Insel und den Geistern der Tiefe entkommen ist, und Leben auch wieder die Welt erblickt, erst dann wird der Fluch der Insel gebrochen werden."

Ich, Kapitän Rollander, werde es nicht sein, der diesen Fluch brechen wird. Doch hoffe ich, dass dieses Tagebuch, das ich dem Meer anvertraue, irgendwie gefunden wird, und eine Warnung für die Seefahrt ist. Möge Gott allen, die dieser Insel begegnen, beistehen."

Mike sah auf. Er sah Bill´s skeptischen Blick. „Ein uralter Fluch," meinte der. „An was die alles geglaubt haben." „Ja," antwortete Mike leise. „Aber überleg mal. Die Feuer, … könnten die nicht wirklich durch eine Art Gas entstanden sein? Und das mit den Geistern der Tiefe und den Höhlen unter der Insel, das könnte gut sein. Warum sonst hat man diese Viecher nie gesehen?" „Aber das würde auch bedeuten, dass die Insel jetzt nie wieder auftauchen wird, Mike." „Wieso?" „Naja, wir sind lebend von der Insel weg, und auch lebend hier wieder angekommen. Der Fluch müsste also gebrochen sein, oder?" Mike sah Bill an. „Klingt irgendwie … komisch, oder?" Bill nickte. „Allerdings." Er zeigte auf das Buch. „Steht denn da nichts über den Fluch drin? Woher er kommt, oder so?"

Mike schüttelte den Kopf. „Nein, hier ist nur noch ein Vermerk drin, dass das Tagebuch von diesem Kapitän als echt anerkannt wurde. Und das die Warnungen vor dieser Insel jedes Jahr aufs Neue verbreitet wurden. Dennoch sind immer wieder große und kleine Schiffe spurlos verschwunden. Und ebenso ihre Mannschaften. Und immer dann, wenn es in einigen Teilen des Meeres keine Fische gab. Das hat man dann irgendwie mit dem Erscheinen der Insel in Zusammenhang gebracht. Sind die Fische weg, ist die Insel da. Wo auch immer."

Bill senkte den Kopf. „Und, hilft uns das jetzt weiter?" „Nein, nicht wirklich," antwortete Mike. „Ich hatte mir mehr davon versprochen." Er schlug das Buch zu, stellte es weg und wandte sich dann an seinen Freund. „Lass uns gehen. Ich brauche unbedingt frische Luft." Bill nickte nur, nahm den Hörer auf und gab Caro Bescheid.

Caro stellte keine Fragen, als sie für Mike und Bill den Raum aufschloss. Auch die Anderen schwiegen nach einem Blick auf die Beiden. Sie verabschiedeten sich von

Caro und baten sie, am Abend doch auf ein Gläschen Wein vorbei zu schauen. Caro sagte zu. An Bord rief Mike seine Familie zusammen. „Ich muss mit euch reden." „Willst du uns erzählen, was du gefunden hast, Dad?" fragte Jason. Sein Vater schüttelte den Kopf. „Heute Abend," antwortete er bestimmt. „Aber wir müssen über unsere Heimfahrt reden. Der Urlaub ist fast vorbei. Und ich weiß nicht, wie ihr euch die Heimreise vorstellt." Betroffenes Schweigen war die Antwort. Die Mädels sahen sich an. Sollten sie Mike erzählen, dass sie lieber fliegen würden? Bloß keine Bootsfahrt mehr während des Resturlaubes.

Bill hatte sie aufmerksam beobachtet. Und er hatte ihren Blick richtig gedeutet. „Sag mal, Mike, gibt es von hier eigentlich auch einen Flug Richtung Heimat?" Mike sah ihn lange an. Dann antwortete er: „Nicht direkt von hier. Aber ein Linienflug führt nach Galossa, und von dort geht ein Flug pro Tag nach Hause." Wieder sah er Bill nur schweigend an. Dann senkte er den Blick und meinte leise: „Werden wir uns wieder sehen?" Bill legte ihm die Hand auf die Schulter. „Mike, ihr seid für mich wie meine Familie. Ich werde mein Leben umgestalten. Wir werden uns schneller wiedersehen, als du denkst. Und wahrscheinlich auch öfters, als dir lieb ist."

Die beiden Freunde umarmten sich. Dabei fragte Mike leise: „Passt du während des Fluges auf meine Frauen auf? Ich denke, dass sie lieber dich begleiten würden als mich. Diesmal." Bill nickte nur. Den Rest des Tages verbrachten sie alle faul auf dem Deck. Erst gegen Abend fingen die Frauen mit der Essensvorbereitung an. Kurz vor dem Dunkelwerden kamen dann auch Miros, Caro, Gianno und seine Brüder Rondo und Pepe.

Nach dem Essen saßen sie alle schweigend an Deck. Gianno sah Mike an und sagte nur ein Wort: „Und?" Mike wusste, jetzt muss er ihnen erzählen, was Bill und er gefunden hatten. Und er ließ nichts aus. Aufmerksam hörten alle zu. Als er geendet hatte, stand Miros auf. Er ging an die Reling und sah hinaus aufs Meer.

„Dann ist es jetzt vorbei. Gott sei Dank. Endlich ist die Seefahrt wieder sicher." Rondo sprach ihn an. „Du glaubst wirklich, dass die Geschichte stimmt? Das klingt doch wie eine Phantasiegeschichte. Früher haben sie an alles Mögliche geglaubt. Das heißt aber nicht, dass es das auch wirklich gab." Miros drehte sich zu ihm um. „Einer meiner Vorfahren hatte das Tagebuch des Kapitäns als echt bestätigt. Ich weiß nicht, ob es diese Zeichen auf der Insel wirklich gab, aber das Tagebuch ist echt."

Jens mischte sich ein. „An der Süßwasserquelle waren einige Felsen. Ich kann mich daran erinnern, dass auf diesen eingeritzte Zeichen waren. Alt und verwittert. Und leider kaum erkennbar. Aber sie waren da." Bill sah ihn an, und lenkte dann seinen Blick zu Mike. „Und wenn wir diesen Fluch wirklich gebrochen haben?" „Bill," Mike schüttelte den Kopf. „Das ist Aberglauben. Es gibt keine Flüche, die eine Insel verzaubern können. Mittelaltermagie, Bill." Aber dieser sah Mike nur an, und selbst Miros sah schweigend zu ihnen und zuckte nach einer kurzen Weile verwirrt mit den Schultern.

Es war schon spät in der Nacht, als Mike seinen Freunden erklärte, dass sie bald wieder nach Hause müssten. Der Urlaub war fast vorbei. „Und wann brecht ihr auf?" fragte Gianno traurig. „Morgen," antwortete Mike. Zumindest die Jungs und ich. Wir brauchen noch ein paar Tage, um die Yacht nach Hause zu bringen. Die Frauen und Bill nehmen den Flieger. Ich glaube, der geht morgen Nachmittag." Er nahm Gianno in den Arm. „Das heißt doch nicht, dass wir uns nie wieder sehen werden, mein Freund. Wir bleiben in Verbindung. Versprochen." Er bat seine Freunde, sich heute zu verabschieden, damit die Abfahrt am nächsten Tag nicht so schwer wäre. Es wurde ein langer, tränenreicher Abschied.

Am nächsten Tag gegen Mittag nahm Mike seine Frau in den Arm. „Pass auf dich und die Mädels auf. Wir sehen uns in ein paar Tagen zu Hause im Hafen. Ich liebe dich." Er gab ihr einen langen Kuss. Dann nahm Lea ihre kleine gepackte Tasche, rief die Mädchen, verabschiedete sich von den Jungs und verließ mit Susi und Maggie die Yacht. Bill stand noch an Deck. Er hatte ebenfalls nur eine kleine Tasche bei sich. Als die Frauen das Boot verlassen hatten, verabschiedete er sich erst von Jens und Jason, dann ging er zu Mike, der etwas abseits auf ihn wartete.

„Ich bin dir zu großem Dank verpflichtet, Mike. Gott, wie klingt das geschwollen. Ich habe viel verloren auf meiner Reise, aber am Ende habe ich sehr viel mehr gewonnen. Lass mich wissen, wenn ihr zu Hause angekommen seid. Wir sehen uns sehr bald wieder. Das verspreche ich dir, mein Freund." Er hielt ihm die Hand hin, und mit Tränen in den Augen schlug Mike ein. „Pass auf dich auf, Bill. Und auf meine Frauen. Ich freue mich auf unser Wiedersehen." Sie umarmten sich ein letztes Mal, dann verließ Bill das Boot. Ohne noch einmal zurück zu sehen, gingen er und die drei Frauen aus dem Hafen. Mike sah ihnen lange nach. Dann stieß Jens ihn vorsichtig an. „Dad, wir müssen los. Sonst schaffen wir unsere Route für heute nicht." Mike riss sich zusammen, drehte sich zu den Jungs, und gemeinsam lenkten sie die Paloma Lea hinaus auf das offene Meer der Heimat entgegen.

Fünf Jahre nach diesem Urlaub:

Mike nutzt nach wie vor jede frei Minute, um mit seiner Yacht auf das Meer hinaus zu fahren. Die Narben an seinen Armen erinnern ihn immer noch an das Erlebte, haben seine Einstellung zum Meer aber nicht verändert. Jens und Jason begleiten ihn. Er versucht, ihnen alles beizubringen, was er von seinem Vater gelernt hat. Und das war nicht gerade wenig.

Lea und die Mädchen haben mittlerweile ihre Angst vor dem Meer wieder verloren und ihren Bootsführerschein gemacht. Auch sie lernen von Mike dazu. Alle sechs fahren immer noch gemeinsam mit der Yacht in den Urlaub. Ihr Verhältnis und Vertrauen zueinander ist besser als je zuvor.

Jason und Susi haben sich inzwischen verlobt. Sie planen ihre Hochzeit. Maggie und Jens sind zusammen gezogen. Sie wohnen in der Nähe von Mike und Lea.

Bill war im Hafen, als die Paloma Lea ihren Heimathafen anlief. Erst danach fing er an, sein Leben neu zu regeln. Die Seefahrt hat er aufgegeben, sein Haus verkauft und ist in den Ort von Mike und Lea gezogen. Dort hat er die Leitung seines Restaurants im Nachbarort wieder selbst übernommen. Die Freundschaft mit Mike und Lea ist für ihn ein wichtiger Teil seines Lebens geworden. Bill hat eine neue Liebe kennen gelernt. Ihr gemeinsames Kind ist gerade auf die Welt gekommen. Maggie und Susi sollen die Taufpaten werden. Die beiden Mädchen haben in Bills Restaurant einen Ausbildungsplatz bekommen.

Und was ist mit Homer? Nun, Homers Verletzungen sind dank Leas Pflege gut verheilt. Zurück geblieben sind ein leichtes Hinken und eine kahler Streifen, der sich hinten von einem Bein über den Rücken zum anderen Bein hinzieht. Das hindert ihn aber nicht daran, im Garten seines Zuhauses mit seiner Familie zu toben, und Mike und Lea damit manches mal an den Rand ihrer Kräfte zu bringen. Und nach wie vor begleitet er sie auf jeder noch so kleinen Fahrt mit der Yacht.

Gianno, Rondo und Pepe haben sich zu echten Freunden entwickelt. Regelmäßig besuchen sie einander. Das Erlebte kommt dabei aber nie zur Sprache. Demnächst ist sogar ein gemeinsamer Urlaub geplant.

Auch Miros und seine Tochter Caro halten Kontakt mit Mike und seiner Familie. Ab und zu treffen sie sich an irgend einem Ort, um ein paar Tage unter guten Freunden zu verbringen

Sie alle haben ein Abenteuer erlebt, das viel von ihnen abverlangt hat. Doch dafür haben sie eine Freundschaft und einen Zusammenhalt gefunden, den es so bei Anderen selten geben wird.

Die geheimnisvolle Insel der Leuchtfeuer mit ihren Geistern der Tiefe ist tatsächlich nie wieder gesehen worden. Es gab keine spurlos verschwundenen Schiffe und Mannschaften mehr. Der Fluch scheint endgültig gebrochen zu sein.

Zeitfracht Medien GmbH
Ferdinand-Jühlke-Straße 7
99095 Erfurt, Deutschland
produktsicherheit@kolibri360.de